名家散文典藏

彩插版

纪伯伦散文精选

（黎巴嫩）纪伯伦　著
李唯中　译

图书在版编目（CIP）数据

纪伯伦散文精选 /（黎巴嫩）纪伯伦著；李唯中译. -- 武汉：长江文艺出版社，2017.12
（名家散文典藏：彩插版）
ISBN 978-7-5354-9891-5

Ⅰ．①纪… Ⅱ．①纪… ②李… Ⅲ．①散文集－黎巴嫩－现代 Ⅳ．①I378.65

中国版本图书馆 CIP 数据核字(2017)第 191581 号

责任编辑：刘程程	责任校对：陈 琪
封面设计：龙 梅	责任印制：邱 莉　胡丽平

出版：长江出版传媒　长江文艺出版社
地址：武汉市雄楚大街 268 号　　邮编：430070
发行：长江文艺出版社
电话：027—87679360
http://www.cjlap.com
印刷：湖北画中画印刷有限公司

开本：640 毫米×970 毫米	1/16	印张：16.25　插页：8 页
版次：2017 年 12 月第 1 版		2017 年 12 月第 1 次印刷
字数：179 千字		

定价：32.00 元

版权所有，盗版必究（举报电话：027—87679308　87679310）
（图书出现印装问题，本社负责调换）

纪伯伦生平及其著作

少年时代（1883—1894）

纪伯伦·哈利勒·纪伯伦于1883年1月6日生于黎巴嫩北部的一个名叫"贝什里"的山村。

父亲哈利勒（1844—1909）曾是负责征收畜牲税的乡官。

母亲名叫卡米莱（1864—1904），以精力旺盛、聪明干练闻名乡里，与哈利勒结婚之前，曾嫁给堂兄哈纳·阿卜杜·萨拉姆（客死巴西），卡米莱曾随他去巴西，生下儿子布特鲁斯。第二次嫁给一亲戚优素福·伊里亚斯·吉阿基阿。但此次婚姻一开始便不顺利，不到一个月时间，还未来得及判定它的价值，丈夫便撒手人寰。之后，她嫁给了哈利勒·纪伯伦，生下纪伯伦、玛尔雅娜和苏尔丹娜。母亲对纪伯伦的影响是巨大的。

纪伯伦五岁时，被送进距离贝什里很近的马尔·耶沙阿修道院小学，接受读、写规则训练。然而，使纪伯伦对文学艺术的爱好得以发展的是赛里姆·达希尔医生。纪伯伦对他的恩泽牢记不忘。这位医生逝世于1912年，纪伯伦曾以动情的言辞哀悼他，文章发表在《西方明镜》上。纪伯伦写到："雪杉青年逝去了。雪杉的儿女们，来吧，让我们用月桂树叶和玫瑰花做蹬尸床抬着他,遍游山谷和坡地吧!"

在故乡,纪伯伦在美丽的大自然怀抱里度过了快乐、多趣的时光。那里有黎巴嫩最神圣、最美丽、最引人入胜的风光;神杉和卡迪沙谷地的美景,曾给予过他的心神和想象力以无数启迪,给他的文章言辞与绘画色彩中注入了数不清的美。

波士顿的家(1895)

纪伯伦刚满十二岁,家庭生活遭遇重大灾难,父亲被控侵吞所收税款,被投入监牢,财产被查封。

卡米莱竭力挽救局势,但毫无结果。1894年,她带着四个孩子离开贝什里,前往巴黎,通过一位亲戚,要回了部分财产。继而从法国首都举家前往美国。1895年到达波士顿,定居在华人区。

在波士顿,母亲和布特鲁斯经商,妹妹玛尔雅娜和苏尔丹娜则为邻居打工。纪伯伦进入一所平民学校,继续学习。一位英文女教师注意到了纪伯伦的天赋。纪伯伦的天赋也引起了艺术家法里德·荷兰德·戴伊的注意。戴伊接受了纪伯伦,并领他走上了艺术之路。

1898年,是纪伯伦在平民学校度过的最后一年,他结识了美国女诗人约瑟夫·毕布迪(约瑟芬·布鲁斯顿)。纪伯伦为她画了像,女诗人写信给戴伊说:"这幅画像,对我来说是一桩幸事。"

在黎巴嫩——希克玛学校(1898—1902)

为了满足母亲的愿望,同时也实现自己童年时代的梦想,纪伯伦于1898年回到黎巴嫩,进入著名的"希克玛"(睿智)学校读书。

纪伯伦在这所学校读书三年,受名师指导,掌握了阿拉伯语和法语。胡里·优素福·哈达德就是名师当中的一位。

纪伯伦在黎巴嫩期间,数次回故乡贝什里探望父亲,并结识、爱恋上了一位富家小姐。二人之间的爱情故事最后以他的中篇小说《被折断的翅膀》里的结局而告终。后来,有人问故事里的这段恋情是否

就是他的亲身经历,纪伯伦说,小说中的人物和情节都是虚构的。

在贝鲁特,纪伯伦还结识了艺术家哈比卜·苏鲁尔(1860—1927)和曾于1943年担任黎巴嫩国家元首的阿尤布·塔比特(1882—1947)及其胞妹苏尔丹娜·塔比特(一说这位姑娘或寡妇就是纪伯伦的初恋情人)。

返回波士顿(1902—1908)

纪伯伦得到胞妹苏尔丹娜逝世的消息,立即离开黎巴嫩,于1902年回到波士顿。

在这一阶段,纪伯伦经历一系列悲剧:同母异父哥哥布特鲁斯于1903年(一说1902年)3月逝世,母亲逝世于1903年(一说1902年)6月……但也相继迎来了命运的转折,首先结识玛丽·哈斯凯勒(1872—1964)这位他的终生好友,正是她将纪伯伦推向文学艺术成功之路,她的贡献是不可抹灭的。他还结识了艾敏·欧莱卜,他办的《侨民报》为纪伯伦打开了通往阿拉伯世界的大门,使纪伯伦作为阿拉伯世界空前的诗人出现在阿拉伯世界。他的《梦景》一文便是起步的星星之火。

1904年,纪伯伦在戴伊先生的关怀下举行了画展。就是在这个画展上遇到了玛丽·哈斯凯勒,由她介绍认识了法语女教师米士琳。纪伯伦很喜欢米士琳,并为她画了肖像。

1905年,发表第一部作品《音乐短章》。

1906年,艾敏·欧莱卜为他出版《草原新娘》。

1908年,发表第三部作品《叛逆的灵魂》。

在巴黎(1908—1910)

在玛丽·哈斯凯勒的鼓动和资助下,纪伯伦前往艺术之都,于1908年6月末到达巴黎。在那里,他眼界大开,见识了古典流派和新流派等各种艺术流派,并在高利扬科学院期间参观、研究了这些流派艺术。他还访问了许多著名画家，如罗丹、马尔席勒、毕鲁诺等，参观巴黎、伦敦的许多博物馆、古迹和美术馆，随行者有他的好友、希克玛学校的同学优素福·侯维克和艾敏·雷哈尼。

1909年，获悉父亲去世。父亲去世之前，纪伯伦曾电祝父亲安康。

1910年春，纪伯伦展出自己一幅画作《秋》。

1910年10月22日，纪伯伦离开巴黎，在掌握了艺术秘密，心与眼饱受艺术熏陶之后，回到波士顿。

在波士顿，"金环学会"成立（1910—1912）

1910年11月初，纪伯伦到达波士顿，在那里参加了1911年成立的"金环学会"的创建工作。该学会的宗旨是让黎巴嫩、叙利亚侨民了解波士顿事件，支持他们举办的所有文化活动。

1912年5月，纪伯伦见到"金环学会"邀请的客人、巴哈教领袖阿布杜·巴哈·阿巴斯。纪伯伦访问了他，并为他画像。

尽管有妹妹和玛丽·哈斯凯勒在波士顿，但纪伯伦住在那里并不开心，觉得想象力和抱负都受到了限制，于是决定迁往纽约。艾敏·雷哈尼已向他发出邀请。

在纽约度过的最后岁月（1912—1931）

在纽约居住期间，是纪伯伦居住时间最久、也是创作最丰富的阶段。纪伯伦离开波士顿之后，便定居纽约。他这颗星已升起在文学天空。

纪伯伦是一位文学家，用阿拉伯语和英语两种语言写作。玛丽·哈斯凯勒指导他用英文写作。他相继发表了：

《被折断的翅膀》　　1912年（阿拉伯文）

《泪与笑》　　　　　1914年（阿拉伯文）

《疯子》　　　　　　1918年（英文）

《行列之歌》　　　　1919年（阿拉伯文）
《暴风集》　　　　　1920年（阿拉伯文）
《先行者》　　　　　1920年（英文）
《珍趣集》　　　　　1921年（阿拉伯文）
《先知》　　　　　　1923年（英文），这是纪伯伦最重要的著作。
《沙与沫》　　　　　1926年（英文）
《人之子耶稣》　　　1928年（英文）
《大地之神》　　　　1931年（英文），该作品在纪伯伦逝世前几天问世。

1920年4月，纪伯伦与旅居纽约的阿拉伯诗人和文学家成立了以他为首的"笔会"。该笔会的宗旨是复苏、革新并发展阿拉伯文学，使之积极干预生活，在生活中发挥积极作用。成员有米哈依勒·努埃迈、伊利亚·艾卜·马迪和奈西卜·阿里杜等。

纪伯伦是一个伟大的爱国主义者。第一次世界大战期间（1914—1918），他积极参加了政治解放运动，并加入了救助难民委员会。

纪伯伦是位情感丰富的人，他与黎巴嫩籍、侨居埃及的女作家梅娅·齐雅黛（1886—1941）之间的情书往来达十五年之久（1914—1929）。

1929年1月，举行庆祝会，纪念纪伯伦在报上发表第一篇文章二十五周年（四分之一世纪）。有许多阿拉伯人和外国人参加。

1926年，纪伯伦因工作繁重，身体开始衰弱。但他并未在乎病痛。他决心已定，无论付出多大代价，也要完成自己的历史使命。就这样，疾病一天天侵入他的肌体，而他却仍然沉湎于绘画和写作之中，直至1931年4月10日，他躯体中的生命火炬熄灭。但是，饱浸他的生命和精神、灵魂之油的火炬，却一直照耀着一代又一代人。

1931年8月21日，纪伯伦回到了他所深爱的黎巴嫩，长眠在他故乡的马尔西克斯修道院，静赏大自然的美与静谧，分享着雪杉的不朽与盖努比谷地的圣洁。

纪伯伦逝世之后，他的英文作品《流浪者》和《先知花园》分别

纪 伯 伦
散 文 精 选

于1932年和1933年出版问世。他的许多遗作和手稿有待于收集、发表。因为他毕生沉醉于绘画和写作,并无其他爱好,故他的已知作品与此相比,就显得太少了。

目录

名家散文典藏 | 纪伯伦散文精选

◆ 音 乐 ◆

音　乐 / 003
纳哈万德 / 010
伊斯法罕 / 011
萨　巴 / 012
莱斯德 / 013

◆ 先 知 ◆

论　爱 / 017
论婚姻 / 020
论孩子 / 022
论施舍 / 023
论饮食 / 025
论劳作 / 027

纪 伯 伦 散 文 精 选

论悲欢 / 030

论房舍 / 032

论衣服 / 034

论买卖 / 035

论罪与罚 / 037

论法律 / 040

论自由 / 042

论理智与热情 / 044

论痛苦 / 046

论自知 / 047

论友谊 / 049

论说话 / 051

论时间 / 053

论善与恶 / 054

论 美 / 056

论死亡 / 058

◆ 泪与笑 ◆

泪与笑——小引 / 063
爱的生命 / 064
一个传说 / 067
诗人的死是生 / 071
美人鱼 / 073
笑与泪 / 075
梦 / 077
美 / 079
睿智来访 / 081
现实与幻想之间 / 083
田野上的哭声 / 085
爱情秘语 / 087
情　侣 / 089
幸福之家 / 091

纪 伯 伦 散 文 精 选

两种死 / 092
我的朋友 / 094
情　话 / 096
风　啊 / 098
组　歌 / 101
结束语 / 106

◆ 暴风集 ◆

庙门上 / 109
神　女 / 112
梦　景 / 114
雄心壮志紫罗兰 / 116
言语与夸夸其谈者 / 120

◆ 珍趣集 ◆

灵魂告诫我 / 125
昨天·今天·明天 / 128
更大的海洋 / 129
寂寞与孤单 / 131
无声的忧愁 / 133
施 舍 / 135
友 谊 / 137
败兮胜所伏 / 138

◆ 先行者 ◆

你是你的灵魂的先行者 / 141
狮子的女儿 / 143

圣　徒 / 145
批评者们 / 147
四诗人 / 148
我的信仰之鸟 / 149
全知与半解 / 150
学者与诗人 / 152
价　值 / 154

◆ 疯　子 ◆

喂，我的朋友 / 157
稻草人 / 159
两个修道士 / 160
聪明的狗 / 162
七个自身 / 163
公　正 / 165
聪明的国王 / 166

宏　愿 / 167
另一种语言 / 168
石　榴 / 170
三只蚂蚁 / 171
善神与恶神 / 172
夜神与疯子 / 173
面　孔 / 175
被钉在十字架上 / 176
当我的忧愁诞生时 / 178
当我的欢乐诞生时 / 179
完美世界 / 180

◆ 流　浪 ◆

流浪者 / 185
衣　服 / 186
兀鹰与云雀 / 187

纪 伯 伦 散 文 精 选

泪与笑 / 189
修士和禽兽 / 190
先知和少年 / 191
肉体与灵魂 / 193
和平与战争 / 194
两个守护神 / 195
雕 像 / 197
疯 子 / 198
青 蛙 / 199
法律与立法 / 201
金腰带 / 202
出家的先知 / 203
陈年佳酿 / 204
两首长诗 / 205
鼠与猫 / 207
石 榴 / 208
如此聋妻 / 209
探 寻 / 211

路 / 212
和平感染 / 214
古稀之年 / 215
寻找上帝 / 216
大　河 / 217
两个猎人 / 218

◆ 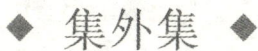集外集 ◆

卷着的报纸 / 221
美 / 223
生命多么慷慨 / 224
存在的良心 / 227
你们有你们的思想，我有我的思想 / 229
你们有你们的语言，我有我的语言 / 233
我爱劳动者 / 237
盲诗人 / 239

音

乐

音 乐

我坐在心上人的身旁，听她谈天。我侧耳聆听，默不作声。只觉得她的声音里有一股力量，令我的心为之颤动，如同触电，使我与自身各奔东西。于是，我的灵魂腾空而起，直上无垠太空，忽看宇宙成梦，又见躯体似窄狭牢笼。

一种奇妙的妖术迎合我那心上人的声音，打动我的感情。她的话已让我感到心满意足，竟使我淡忘了她的声音。

众人们，她就是音乐。当我的心上人叹息时，我听到了那音乐，不久又听到一些话语，听到她边说边发出轻轻笑声。我时而听她发出断断续续的字眼，时而听她道出连续不断的词句，时而听她吐出几个词语，且尚有一半留在双唇中。

心上人心中的激情，我亲耳听到，致使我顾不上仔细琢磨那些话语的本质，只能倾心欣赏她那体现为音乐情感的精髓，那就是灵魂之声。

是的，音乐是灵魂的语言，曲谱是拂动情感琴弦的和煦惠风。音乐是纤细的手指，敲开情感的门扉，唤醒昔日的记忆，将漫漫长夜包裹着的、为过去带来影响的桩桩事件公布于众。

音乐是细腻的和声，被谱写在想象力的册页上。悲乐是犹豫和痛苦时刻的记录，欢歌是吉祥与快乐时辰的回忆。

音乐是一组悲哀之声；听到它，你会停下脚步，使你的胸间充满苦闷和忧烦，向你描绘幽灵般的不幸与辛酸。

音乐是一组欢乐之歌；领悟它，你的情感会被之牢牢吸引，致使你的心在胸间舞蹈蹁跹。

音乐是琴弦的响声；它带着情侣心中的波澜进入你的耳际。或许因情人远在天边，相思之情使你的双眼涌出焦灼的泪珠；或许因灾星的牙齿给你造成的伤口疼痛，令你泪如泉涌；或许你的双唇间溢出微微笑意，真实地显现你的幸福与快慰情怀。

音乐是临终者的躯体；既具有源自精神的灵魂，又有出自心田的意识。

人类出现了。我启示人类，音乐是天降的一种语言，与其他语言不同，而是将埋在心里的东西诉说给心，因此它是心灵的私语。它像爱情，影响遍及众人群生。柏柏尔人在沙漠里用它歌唱，歌声震撼了宫中君主的两肋。丧子的母亲把它融入自己的号丧之中，它是令无机物之心碎裂的哭声。欢喜的人们把它播撒在自己的欢乐里，它是令遭难者开心的歌声。它像太阳，因为它用自己的光辉复活了田野上的一切花木。

音乐像明灯，赶走了灵魂里的黑暗，照亮了心田，心底因之见天。我的天命里的乐曲是真实个性的影子，或是活的感官的幻想；灵魂就像一面镜子，竖立在一切存在事物及其变化之前，那些影子的形象及幻想的图像都会映入镜中。

灵魂是揣测风口上的一朵柔嫩的花，晨风能够吹拂动它，露珠会拗弯它的脖颈。同样，鸟儿的鸣唱能够把人从漫不经心的状态中唤醒，让其侧耳聆听，仔细体会，和鸟儿一道赞美鸟儿的甜蜜歌声及其柔情的创造者——智慧之神。鸟鸣声在人的思想中激起一种力量，使人问自己及周围的一切：那只微不足道的小鸟儿向他秘密吐露了些什么，又是什么拨动了他情感的琴弦，并且把前人著作的内涵揭示给他？他想问小鸟是否和田野里的花儿说过话，或者与树枝条儿聊过天，或者是否模仿过淙淙流水声，或者是否与大自然把杯对饮，但却没有办法得到回答。

人不知道高站枝头的鸟儿在说什么话,不晓得淌在石上的溪流在唱什么歌,更不明白从容缓慢来到海岸的波浪在抒什么情。人不理解雨点落在树叶上,或用它那轻柔的手指敲击玻璃窗时在讲什么。但是,人却觉得自己的心理会这所有声音的意思,故时而因高兴而兴奋激动,时而又因忧伤而惆怅叹息。那声音用暗语与人交谈,那暗语则是人类出现之前由智慧所创造的。人的灵魂与大自然交谈过数次,而人却站在那里,瞠目结舌,也许用泪水取代了言语,因为眼泪是最得力的翻译家。

朋友,和我一道走吧!到记忆的剧场去,在岁月卷起的国度里访问音乐之家。来呀,看看音乐对人类的每一个时代所带来的影响吧!

迦勒底人和埃及人把它当作伟大的神灵,对之顶礼膜拜,为之高唱赞歌。我相信波斯人和印度人将之视作上帝在人间的真正灵魂。波斯人说过一段话,大概意思是:音乐是天上的仙女,因恋上世间一凡人,于是自高天下凡,与情人相会……众神灵得知此事,勃然大怒,随派风神追赶,顷刻之间将她撕了个粉碎,又将碎片遍撒天空和世间各个角落。虽然如此,但仙女灵魂未死,仍然活着,在人类的耳际间安居下来。

印度一哲人说:"乐曲的甜美增强了我关于美永恒存在的希望。"

在希腊和罗马,音乐是大力神,并且为之建造了宏伟庙宇,人们至今仍向我们谈起庙宇规模及宽敞祭台,通常供上最佳祭品,焚上最芬芳的香火。人称此神为"阿波罗",人们竭尽才能描绘它,把一切优点都集中在它的身上。它像挺立在河道中的巨树,左手抱吉他,右手抚琴弦,头高抬代表雄伟,二目远视似在观察万物深处。

人们说,阿波罗的琴弦声是大自然的回声。那悲壮的弦声是从鸟儿鸣唱、水的流动、微风叹息和树枝沙沙响声中采集而来的。

他们的神话里有这样的传说:音乐家奥尔菲尤斯的琴声打动了动物的心,于是猛兽和植物紧紧随之,鲜花向之伸出脖颈,树枝对之弯腰,就连无生命的事物也纷纷动起来,然后碎裂开来。

他们说,奥尔菲尤斯丧妻,因而痛哭不止,深情悼念,直至他的

纪伯伦
散文精选

哀曲充满旷野，大自然和他一道落泪，终于打动了神灵的心。神灵怜悯音乐家，为他打开永恒世界的大门，以便让他与妻子在灵魂世界里相会。

他们说，是灾难的女妖杀死了奥尔菲尤斯，将他的首级和吉他抛入大海，然而音乐家的首级及吉他却浮在海面上，一直漂游到一个岛，希腊人称此岛为"歌岛"。

他们说，自那时起，漂浮音乐家奥尔菲尤斯首级及吉他的海浪响声变成了动人的哀号和悲壮的乐曲，弥漫整个太空，传入每位航海人的耳际。

这是那个国家失去尊严之后的话，被我们称为传奇神话，其根源是幻想，是描述才华所创造的幻梦。可是，它毕竟是一种传说，证明音乐在希腊的影响是深刻而巨大的。他们那样说，原因在于他们断定那种说法可信。我们把那种说法称为诗的夸张，其根源是多情善感、爱美心切。这也是诗人的习惯和常规，对我们又有什么不好呢！

亚述人的遗迹为我们提供了若干图画，画面上描绘的是帝王队伍行进、乐队做先导的场景。他们的历史学家给我们谈起音乐。他们说，音乐是晚会的高贵标志，音乐是节日的幸福象征。不错！没有音乐，幸福就是被割去舌头的姑娘。音乐是地球上所有民族的语言，所有民族无不用歌赞美自己崇拜的女神，无不以曲颂扬自己所崇拜的一切。圣歌——在当前——像祈祷一样，是教堂和寺庙里必先进行的一种礼仪，像奉献给神圣力量的火祭仪式一样。圣歌是神圣的火祭仪式，其出发点是心中的情感。圣歌是经心提炼过的祷词，是情感震荡的完成品。圣歌是自由呼吸，不是人咽气前的那种呼吸，而是大卫国王的懊悔所激起的那种佯装高雅的呼吸，于是国王的歌声遍布巴勒斯坦大地，其悲凉情思创造出动人心弦的哀曲，其根源则是忏悔时的激动和灵魂的忧伤。作为他与上帝之间的媒介，《大卫诗篇》诞生了，他要求上帝宽恕他的疏忽之罪。仿佛他的吉他声发自他那悲碎的心中，和着他的眼泪，流到他的手指上。他那手指的动作，在上帝和人那里都是伟大的。他说："赞美主吧！用喇叭声赞美主吧！用长笛和吉他赞美主吧！用大鼓和铃鼓赞美主吧！用弦琴和风琴赞美主吧！用镲和钹赞美

主吧!用欢呼赞美主吧!让每一个生灵都赞美主吧!"游记中说,有一位天使由天而降,在世界各地吹起喇叭,于是众幽灵闻声而苏醒过来,穿起衣服,出现在虔诚教徒面前,游记作家极度称赞音乐,将之置于上帝派驻到人类精神世界使者的地位。作家的话是自我情感的表白,也是符合同代人信仰的说法。

伊本·白什尔的悲剧开头写到:弟子们到橄榄园去抓他们的老师之前还进行过祈祷。我似乎现在还听得到那发自悲伤灵魂深处的圣歌,那悲伤灵魂看到了即将降临到和平使者头上的灾难,于是哼出示意告别的、令人难忘的歌声。

音乐先于部队进入战场,能够振奋战士们的斗志,增强部队战斗力。音乐像一种引力,使部队团结一致,凝成一支永不分散的队伍。音乐不像诗人那样,无须在奔赴战场时带着文稿;也不像演说家,要有笔与书做伴;而是作为伟大统帅,统领着大军,给他们那虚弱的躯体里注入难以形容的巨大力量和热情,让他们的心中充满必胜信念,使他们勇于压倒饥饿、干渴和征途疲累,奋起全身力量前进,向着敌人的阵地冲去,个个勇往直前,人人视死如归。音乐就像人一样,用宇宙间最神圣的东西,踏平宇宙间一切罪恶。

音乐是孤独牧羊人的伙伴。牧羊人坐在羊群之中的一块石头上,用芦笛吹上一曲,羊儿深会其意,放心吃起青草。芦笛是牧羊人的亲密朋友,终日不离其腰。芦笛是牧羊人的可爱伴侣,能使山谷间可怕的沉寂为人烟稠密的牧场所代替。芦笛以其感人的曲调消除寂寞,让空气中充满温馨与甜润气息。

音乐引导着旅行者的驼轿,可以减轻疲劳,缩短旅行路程。良种骆驼只有听见意在驱赶骆驼的歌咏声,方才在沙漠上前进。驼队里的骆驼只有脖子上挂着铃铛,方才肯于负重上路。因此,当代的多识之士用乐曲和甜美的歌声训练猛兽,那就不足为怪了。

音乐伴随着我们的生命,和我们一起度过生命的各个阶段,与我们同悲共欢、同甘共苦。在我们快乐的岁月里,它像见证人一样站在

纪 伯 伦
散 文 精 选

我们面前；在我们苦难的日子里，它像近亲一样守护在我们的身边。

婴儿自幽冥世界来到人间，接生婆及亲戚们用欢乐、欣喜、愉快的歌声迎接；当婴儿看到光明时，便用啼哭向助产士和亲人们致意；而他们则报以欢呼、喝彩，仿佛在用音乐与时光竞赛，以期让婴儿理会神的睿智。

乳婴啼哭时，母亲走过去，哼起洋溢着怜悯之情的歌儿，乳婴顿时终止哭声，为母亲那凝聚着怜情厚意的歌声而由衷快乐，片刻便进入甜蜜梦乡。母亲口中的摇篮曲里有一股力量，示意困神迅速关闭上乳儿的眼帘。那乐曲伴着寂静，使之更加甜润，抹去了它的恐怖，使之充满了母亲慈爱的温馨，直至乳儿战胜失眠之苦，魂游精神世界。假若母亲用西塞罗的语气说话，或读读伊本·法里德的诗句，婴儿是不会入睡的。

男子选定自己的生活伴侣，两个灵魂用姻亲关系结合在一起，完成当初智慧之神写在两颗心上的叮嘱，于是亲朋们聚在一起，唱着歌奏着乐，为新人婚礼作证。在我看来，婚礼之日的乐曲像是一种可怕声音，其中掺杂着甜蜜成分；又好像一种赞美上帝创造生灵的声音；也像那么一种声音，正在唤醒沉睡的生命，令其起来行走，伸展蔓延，弥漫大地。

死亡是生命故事的最后一页。死神到来时，我们可以听到哀乐，可以看到哀乐让空中布满悲伤幽灵。在那令人悲伤的时刻，灵魂离开这个美丽世界的海岸，丢下谱曲者和号丧者手中的物质庙宇，游向永恒大海。人们以忧伤、遗憾的语调哀叹，给遗体裹上湿土，用歌与乐为之送殡；歌和乐中饱含抑郁、悲凉、苦闷、烦恼和焦灼之情。人们又以乐曲和歌声为之扫墓添坟，土上堆土；纵使尸体腐烂，只要心总是想念着过世的人，那么，逝者的声音也便永远响在世人的躯体中。

我和他坐在一起，上帝单单给予他以甜美的声音，赐予他通晓吟唱和节奏哲学。我看到人们在他的四周，个个屏住呼吸，人人侧耳聆听，凝神注目，鸦雀无声，如同降服于一位力大无穷的诗人，诗人在向他们吐露世间奇秘。直至他哼完一曲，人们方才仰脖长叹一口

气——哎!!——哎!!那叹息声发自乐曲所激起的情感波澜翻滚的心中,只有长叹才使人觉得舒展一些。"哎",这是记忆唤起的干渴之心呼出的声音;"哎",一个小词儿,却包含着一段长话;"哎",出自听歌人的口中,并非出自观看歌手面孔的人,而且是侧耳倾听把断续呼吸声串成歌的人发出的叹息声;那呼吸向他展示了他自己过去生活的篇章,或者泄露他心中隐藏的秘密。

我多么留心观察听者那敏感的面孔,但是时而神气沮丧,时而轻松舒展,总是伴随着音乐曲调的变化而变化。我用听者的天性找到了他的性格特征,又通过他的外表让他的内心讲出了话。

音乐像诗歌和绘画,能够描绘人的种种情感,描绘人的种种心境,说明灵魂的幻想,表示心底希冀,叙述躯体欲望。

纳哈万德

"纳哈万德"描述情侣分别、告别祖国之情,描写来自逝去亲人的最后一眼,描绘心中因思念而产生的剧烈痛苦情感。"纳哈万德"是发自忧伤灵魂深处的一种声音;是被抛弃的人,在他被疏远折磨得精疲力竭之前,乞求怜悯他的最后一息所形成的一种曲调。"纳哈万德"是绝望者的长叹,纯系灾难铸成;是沮丧者的长叹,全由万般无奈、忍无可忍者的忧伤发出。"纳哈万德"描绘秋天,其时黄叶平静、从容地飘落而下,和着金风起舞,散落四方。"纳哈万德"是母亲的祈祷,因儿子远去异地他乡而彻夜难眠,心中充满失望情感,只有忍耐和希望伴陪着自己。"纳哈万德"不仅仅包含一种意思,而是包含着许多意思,包含着心与魂能够理会的许多秘密;那许多秘密,口舌难以述完,笔墨休想穷尽。

伊斯法罕

　　我亲耳听赏过"伊斯法罕",并且亲眼看过病入膏肓的一位恋人故事的最后一章。他的情人死了,希望断绝了,不停地长吁短叹,用尽身上最后一点力气号丧,以生命的最后一息哀悼。"伊斯法罕"是站在生命海岸与永恒大海之间死亡船上的争辩者的最后一息。"伊斯法罕"是一种曲调,其回声是掺杂着死亡与悲哀的苦涩,是泪水混合着忠诚的甘甜寂静。

　　如果说"纳哈万德"是有某些生存希望者的一种希冀,那么,"伊斯法罕"则是希望断绝之人的呻吟。

萨巴

听赏过"萨巴"曲,我们那被乌云遮罩的心便会苏醒过来,继之在胸间舞动。"萨巴"是欢乐乐曲,令人忘掉自己的忧愁,继而要酒,异常津津有味地饮之,无尽无足,仿佛意识到欢乐之美酒在同他的酒兴竞赛,裁判是理性。"萨巴"是快活钟情者的谈论;他曾与时代搏斗,被迫屈从于分离的命运。静夜独处使他感到无比幸福。在遥远的田野里得以见到美丽少女;相会给他带来欢乐与快慰。"萨巴"像微风,轻轻吹过之时,田野上的花因之摇曳,去意徘徊,得意忘形。

莱斯德

在万籁俱寂的夜里,"莱斯德"能够深深打动人的情感,述说一封信的巨大作用。那封信来自一位高朋,因遥居远方,消息中断许久;因为收到来信,心中希望复苏,渴求见上一面。我觉得唱"莱斯德"曲的人仿佛在报告黑夜即将过去,黎明就要到来。有人说:"黑夜结束,整装待发。"

在巴勒贝克责怨诗中有一首介于责斥痛骂之间的温和责怨诗;其曲既有动人心弦的"纳哈万德"风格,又含欢快的"萨巴"曲的味道,故其对灵魂所产生的作用二者兼容并包。

现在,我已写下这么多文字。我看我像个孩子,从上帝创造第一个人时天女所唱的一首长歌中抄录了一个词儿,或者像个文盲,从时代开始之前智慧之神写在感情册页上的书中,背记了一句话。

音乐,神圣的奥特里比①,你的艺术姐妹往日曾手舞足蹈过一段时间,后被置入遗忘的堡垒中,而你嘲笑他们,但一天也未曾退出灵魂舞台。仿佛你是亚当第一次与夏娃亲吻的回声。回声自有回声,回声还有回声,不停流动,不住转移,包围一切,复活一切,令劳者乐意劳作,让天赋准则用听觉愉快地接受它的恩赐。

---

① 奥特里比,古希腊人的音乐之神的新娘。

纪伯伦
散文精选

啊，音乐，灵魂和爱情的女儿！啊，爱情苦汁与甜浆的容器！啊，人类心灵的幻想！啊，悲伤之果，欢乐之花！啊，情感花束里散发出来的香气！啊，情侣的口舌，恋人间秘密的传送者！你能把思想与语言统一起来，你能把动人的美编制成情感。你是心灵的美酒，饮者可以升入理想世界的至高处。你是大军的鼓动队，你是崇拜者灵魂的净化者。携带着灵魂幻影的以太，慈悲、温和的大海啊，我们把自己的灵魂交给你，把我们的心寄存在你的深处，请求你把我们的灵魂和心带到物质以外，让我们看看幽冥世界隐藏的一切吧！

灵魂的感情啊，你增殖繁衍吧！心里的情感呀，你增多生长吧！举起你的手，为这位伟大神灵建筑庙宇吧！灵感之神啊，请你降到诗人的心上，为他们的才智宝库注入对这位伟大神灵的赞美词语吧！画家、雕塑家的想象力啊，丰富，再丰富一些，提高再提高一步，为这位伟大神灵造像塑身吧！

地球上的居民们，款待这位伟大神灵的牧师、修女吧！为它的崇拜者祝贺节日，给他们建造塑像吧！众民族，顶礼膜拜吧！向奥尔甫斯①、大卫②和穆苏里③致敬问安吧！隆重纪念贝多芬④、费厄尼尔和莫扎特⑤吧！叙利亚，请您以沙克尔·阿勒比的名义歌唱吧！埃及，请您以阿卜杜·哈穆里⑥的名义歌唱吧！神圣的宇宙，请您大一些，再大一些，让他们的名声播撒在你的天空，让空气中充满纯美的灵魂，教人们用目看，用心听！阿门。

---

① 奥尔甫斯，古希腊传说中的英雄，有超人的音乐天赋。他的歌声和琴韵十分优美动听。传说只要他一唱歌弹琴，各种鸟兽木石都会围着他翩翩起舞。

② 大卫（1810—1876），法国作曲家。

③ 穆苏里，伊斯兰教帝国拉希德王朝的宫廷歌手，古代阿拉伯哲学家。

④ 贝多芬（1770—1827），德国作曲家，被认为是有史以来的最伟大的作曲家。

⑤ 莫扎特（1756—1791），伟大的奥地利天才作曲家，维也纳古典乐派的中心人物。

⑥ 阿卜杜·哈穆里（1845—1901），埃及19世纪的著名歌唱家、作曲家。

在夜下迷路的人们哪，
沉湎在幻想汪洋里的人们啊，
美中有不容怀疑的真理，
美中有帮助你们对抗谎言黑暗的灿烂光明。

先

知

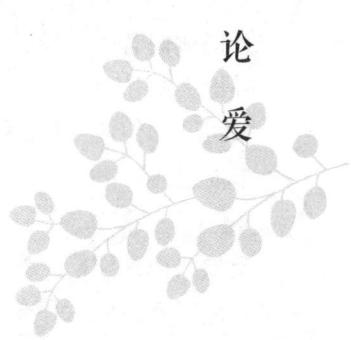

论爱

美特拉说：

请给我们谈一谈爱吧！

穆斯塔法抬起头来，望着众人们，那里一片寂静，鸦雀无声。他用洪亮的声音说：

爱向你们示意，你们就跟他走，即使道路崎岖，坡斜陡滑。

如果爱向你们展开双翅，你就服从之，即使藏在羽翮中的利剑会伤着你们。

如果爱对你们说什么，你们只管相信他，即使他的声音惊扰你们的美梦，犹如北风将园林吹得花木凋零。

爱为你们戴上冠冕的同时，也会把你们钉在十字架上。

爱能强壮你们的骨干，同时也要修剪你们的枝条。

爱能升腾到你们天际的至高处，抚弄你们那摇曳在阳光里的柔嫩细枝。

爱同样能沉入你们那伸进泥土里的根部，并将根部动摇。

爱把你们抱在怀里，如同抱着一捆麦子。

爱把你们舂打，以使你们赤体裸身。

爱把你们过筛子，以便筛去外壳。

纪伯伦
散文精选

爱把你们磨成面粉。
爱把你们和成面团，让你们变得柔软。
爱再把你们放在他的圣殿里的火上，以期让你们变成上帝圣筵上的神圣面包。

爱如此摆弄你们，为的是让你们知道你们心中的秘密。依靠这一见识，你们就能成为存在之心的一片碎屑。

如果你们心存恐惧，只想在爱中寻求安逸和享受，那么，你们最好遮盖起自己的裸体，逃离爱的打谷场，走向一个没有季节更替的世界；在那里，你们可以笑，但笑得不尽情；在那里，你们可以哭，但眼泪淌不完。

爱，除了自己，既不给予，也不索取。
爱，既不占有，也不被任何人占有。
爱，仅仅满足于自己而已。

当你爱的时候，你不要说"上帝在我心中"，而要说"我在上帝心中"。
你切莫以为自己能够指引爱之行程。
爱会引导你，如果发现你适于引导。

爱除了实现自我，别无所求。
当你爱时，而且还要伴随着某些愿望，那就把这些作为你的愿望吧：
溶化自己，变得像一条流淌的溪水，对夜色哼唱小曲；
感受过分温柔产生的痛苦；
接受由对爱的了解为你带来的伤害；
甘心情愿地任你的血流淌；
黎明即起，带着一颗生翅膀的心，满怀谢意迎接爱的新一天来临；

中午小憩,深深沉浸在爱的微醉之中;
黄昏回家,满怀感恩之情;
入睡之时,你的心为你心爱之人祈福,唇间哼吟着赞美的歌。

论婚姻

美特拉又问：夫子，关于婚姻，你有何论说呢？
穆斯塔法回答道：
你俩同生，相伴到永远。
当死神的双翼带走你的岁月时，你俩在一起。
是的，同样在默默思忆上帝之时，你俩也在一起。
不过，你俩结合中要有空隙。
让天风在你俩间翩翩起舞。

你俩要彼此相爱，但不要使爱变成桎梏；
而要使爱成为你俩灵魂岸边之间的波澜起伏的大海。
你俩要相互斟满杯子，但不要用同一杯子饮啜。
你俩要互相递送面包，但不要同食一个面包。
一道唱歌、跳舞、娱乐，但要让各忙其事；
须知琴弦要各自绷紧，虽然共奏一支乐曲。

要心心相印，却不可相互拥有。
因为只有"生命"的手才能容纳你俩的心。
要相互搀扶着站起来，但不要紧紧相贴。

须知神殿的柱子也是分开站立着的。
橡树和松树也不在彼此阴影里生长。

论孩子

一位怀抱婴儿的妇女说：请给我们谈谈孩子吧。

穆斯塔法说：

你们的孩子并不是你们的，而是"生命"对自身的渴望所生的儿女。

他们借你们来到世上，却并非来自你们，他们虽与你们一起生活，却并不属于你们。

你们可把爱给予他们，却不能给予他们以思想。

因为他们有他们的思想。

你们能够庇护他们的身体，却不能庇护他们的灵魂。

因为他们的灵魂居于明日的华屋，那是你们无法想见的，即使在梦中。

你们可以努力以求像他们，但不要试图让他们像你们。

因为生命不能走退步，它不可能滞留在昨天。

你们是弓，你们的孩子则是从你们的弓弦上射出的实箭。

射手看见竖立在无尽头路上的目标，他会用自己的神力将你们的弓引满，以便让他的箭快速射至最远。

就让你们的弓在射手的手中甘愿曲弯；因为他既爱那飞快的箭，也爱那静止的弓。

论施舍

一个富翁说：请给我们谈谈施舍吧。

穆斯塔法答道：

当你把你的财产给人时，那只是施舍了一点点儿。

只有把你自身献给他人，那才是真正的施舍。

你所占有的岂不是惧怕明天需要它而保存起来的东西吗？

那明天，又能随从前往圣城朝觐时，把骨头埋在无人迹的沙土里的多虑的狗，储存下什么呢？

除了需要本身，需要还惧怕什么呢？

你的井水充溢时还惧怕干渴，那不是无法解救的干渴吗？

有的人家财万贯，却只拿出一星点儿给人，

他们还自诩为施舍；他们心中暗藏的欲念难免要葬送他们的施舍善意。

有的人囊中羞涩，却慷慨献出全部。

他们是笃信生命及其丰富内存，因而他们的金库总也不空。

有的人乐于施舍，施舍之乐便是他们的报酬。

或者痛苦地施舍，在痛苦中净化自己的灵魂。

有的人施舍既不觉痛苦，也不寻欢乐，亦不知道施舍是一种美德。

有些施舍的人，就像山谷中的桃金娘，只管把芳香撒向天空。

纪伯伦
散文精选

上帝通过这些乐善好施者的手说话,透过他们的眼睛将微笑撒满大地。

向求乞者施舍,当然好,若向未开口的,而你早知道的饥馑者施舍,那就更好了。

对于乐善好施者来说,主动觅寻有待周济之人,较之施舍的快乐有过之而无不及。

你真有什么必须保留的东西吗?

终有一天,你的一切所有都要给人。

你现在就施舍吧!让施舍的时令属于你,而不属于你的继承人。

你常说:"我一定施舍,但只给那些配得恩施的人。"

但你的果园中的树木及你牧场上的羊群不这样说。

他们为了生存而施舍,因为守财导致灭亡。

毫无疑问,凡配得到白昼与黑夜的人,均应得到你所施舍的一切。

凡配从生活的大洋中饮水者,均配在你的小溪中灌满自己的杯子。

接受施舍的勇气、信心和慈善是一种美德,还有比这更伟大的美德吗?

你是何许人,竟敢要人们向你袒露心中隐私,抛弃狂傲外衣,让你看看他们的价值和无愧傲气?

还是首先审视一下你自己是否配做施舍者,是否配做施舍者的工具吧!

其实,生命是生命的施舍者,自以为是施主的人啊,你不过是个证人罢了。

你们,接受施舍的人们——你们都是接受者——你们不必过分感恩戴德;如若不然,会把轭加在你们和施舍者的肩上。

你们和施主理应一道起来,那便是怀疑以慈善大地为母,以上帝为父的施舍者的慷慨仁义之情了。

论饮食

一个开饭店的老者说:请给我们谈谈饮食吧!

穆斯塔法说:

但愿你们能够依赖大地的芳菲而生存,就像攀缘藤萝那样依靠阳光的供养。

既然你们必宰牲而食,非从幼畜口中夺取奶汁解渴,那么,你们使之成为一种祭拜仪式。

让你们的餐桌成为祭坛吧!祭坛上那来自平原和丛林中的纯洁、清白的肴馔,正是为了使人变得更纯洁、更清白而牺牲的。

你宰牲时,心里要对它说:

"宰杀你的权力,同样也将把我宰杀;我的命运与你相同,都要走向死亡。

"把你送到我手里的法规,也将把我送到一只更强大的手里。

"你我的血,都不过是营养永恒之树的液汁。"

当你用牙咀嚼苹果时,心中要对它说:

"你的籽将在我的体躯中生存,

"你明日的蓓蕾将在我的心中开花,

"你的芳香将成为我的气息,

纪伯伦
散文精选

"我们伴随着四季一道欢乐。"

秋天,当你从你的葡萄园里采摘葡萄,以便将之送去榨汁酿酒时,你要对葡萄说:

"我也是葡萄,果实也要送去榨汁酿酒。

"像新酒一样,将被存储在永恒的桶里。"

冬天,当你咽吮酒时,你的心中要对每一杯酒唱歌。

让你的歌中充满对秋天、葡萄园及榨汁酿酒作坊的怀念。

论劳作

一个农夫说：请给我们谈谈劳作吧。

穆斯塔法说：

你劳作，为的是与大地及其灵魂一道前进。

因为松弛懈怠者将成为时节的陌路人，并会远离生命的队列，而生命的队列正在迈着庄重的步伐，昂首、顺利地走向永恒。

劳作时，你是一支芦笛，时光的低语在你的腹中变成了乐曲。

在万物合唱之时，你们当中谁愿意做一支哑然无声的芦笛呢？

你们常听人说，劳作令人厌恶，苦劳是祸殃。

我要对你们说，你们劳作之时，实现的是大地的深远梦想的一部分；而那梦想诞生之日，实现的责任就是你们的。

你们进行劳作时，就是实实在在地实践对生命的热爱。

通过劳作热爱生命，便彻悟到了生命的最深秘密。

当你们痛感生活的疾苦之时，会把出生唤作悲剧，把养身视为可诅咒，并且写在你们的额上。那么，我要对你们说：只有用你额上的汗水，才能洗掉你们写在额上的字句。

也有人对你们说，生命是黑暗的，致使你们在过度疲倦之时，重复疲惫者们所说的那些话。

纪伯伦
散文精选

我要说，没有激励，生命的确是黑暗的；
不与知识结合，一切激励都是盲目的；
不与劳作结伴，一切知识都是无用的；
不与仁爱相配，一切劳作都是空虚的；
当你的劳作与爱相配时，你便与你自己、与他人，与上帝连在一起了。

怎样才是满怀仁爱的劳作呢？
那就是用从你心中抽出的线织布做衣，仿佛你所爱的人将要来穿。
那就是满怀热情地建造房屋，仿佛你所爱的人将要来住。
那就是满怀温情地播种，欢天喜地地收获，仿佛你所爱的人将要来吃。
那就是把你心灵的气息灌输到你所制作的一切之中去。
你当知道你的先人们都在你的周围看着你。

我常听见你们好像说梦话：
"雕刻大理石，在石头里寻找自己灵魂形象的人，要比耕夫高贵多了。
"撷取虹的色彩，在画布上绘人像的人，要比编草鞋的人高明多了。"
至于我，则要在正午完全清醒时说：
"风同高大橡树的低声细语，并不比同大地上最小的草更温柔。
"只有把风声变成柔美歌声，并且将自己的爱心加入其中的人，才是伟大的人。"

劳作是眼能看见的爱。
如果你进行劳作时不是满怀着爱，而是带着厌恶心理，还不如丢下工作，到庙门去，等待高高兴兴劳作者们的周济。
假若你无所用心地去烤面包，烤成的是苦面包，只能为半个人充饥。

假若你怀着怨恨榨葡萄汁酿酒,你的怨恨会在葡萄里渗进毒液。

你能像天使一样唱歌,却不喜欢唱,那就堵塞了人们的耳朵,使他们听不见白昼和黑夜的声音。

论悲欢

一个妇人说：请给我们谈谈悲伤与欢乐吧。

穆斯塔法说：

"你们的欢乐，正是你们揭去面具的悲伤。

"供你的汲取欢乐的井，常常充满着你们的泪水。

"事情怎会不如此呢？

"悲伤在你们心中刻的痕迹愈深，你们能容纳的欢乐便愈多。你们盛酒的杯子，不就是曾在陶工的窑中烧的那只杯子吗？

"使你们心神愉悦的那把琴，不是刀刻的那块木头吗？

"当你沉浸在欢乐之中时，深究你的内心深处，就会发现曾是你的悲伤泉源的，实际上是你的欢乐所在。

"当你沉浸在悲伤之中时，重新审视你的心境，就会发现曾是你欢乐泉源的，实际上又成了你的悲伤所在。"

有人说："欢乐大于悲伤。"

另一些人说："悲伤更大。"

我要对你们说，悲欢是互相不可分离的。

悲欢同至，其一在与你同桌共餐，另一个则正睡在你的床上。

实际上，你们就像天平的两个盘子，悬在你们的悲与欢之间。

只有你们的心中空空时，那两个盘子才能平衡，你们的情况才会

稳定下来。

当司库举起你用来称量他的金银时,你的悲与欢就不免要升或降了。

论房舍

一个泥瓦匠走上前来,说:请给我们谈谈房舍吧。
穆斯塔法说:
你在城中建造房舍之前,先用你的想象力在旷野建造一个草舍吧。
因为就像你黄昏之时有家可归一样,你那漂泊在遥远、孤独天际的迷魂,也该有个归宿之地。
你的房舍是你的更大的躯壳。
房舍在阳光下生长,静夜里入眠,且眠中不能无梦。你的房舍不做梦吗?不曾在梦中离开城市,走入丛林,或登上山巅吗?

但愿我能把你们的房舍握在手里,就像农夫耕种一样,把你们的房舍撒在平原和丛林里。
愿谷地成为你们的街市,绿径成为你们的小巷,你们人人可穿过葡萄园去访朋问友,回返时衣褶间夹带着大地的芳香。
但此刻尚未到来。
你们的祖辈心存恐惧,因而把你们彼此聚集在一起。
这种恐惧必存在一段时间。
直到你们的城墙将你们的房舍与田地分隔开来。

奥法里斯城的居民们,请你们告诉我,你们这些房舍里有些什么

东西？你们的门紧锁着，保卫的又是什么东西呢？

你们有和平吗？那不就是显示你们力量的温和动力吗？

你们有回忆吗？那不就是架在思想山峰间的闪光拱桥吗？

你们有美吗？那不就是把你们的心从木雕石刻天际引上圣山的东西吗？

请告诉我，你们的房舍里有这些吗？

或者你们只有舒适及对舒适的欲望？那种诡秘的东西，悄悄潜入你们的房舍做客，旋即反宾为主，继而成为家长。

嗨，他继之变成一个驯兽者，挥舞着钩和鞭，把你们的宏大意愿化为他手中的玩具。

是啊，他手柔如丝，心却如铁铸。

他为你们催眠，目的在于站在你们的床边，讥笑你那躯体的尊严。

他戏耍你们那健全的感官，将之像易碎器皿一样丢在蓟绒刺间。

无疑，贪图舒适的欲望，熄灭了灵魂激情的烈火，之后狞笑着走在送葬行列中。

你们哪，太空的女儿，平静时也安不下心来。

你们不会陷入罗网，也不会被驯服。

你们的房舍永远不会成为下抛之锚，而是挺立的桅杆。

你们的房舍不会成为遮盖伤口的闪光薄皮，而是保护眼睛的眼帘。

你们不会因过门而收起翅膀，或因害怕碰着天花板而低头，或者担心墙壁崩裂坍塌而屏着呼吸。

不，你们不能住在死人为活人建造的坟墓里。

尽管你们的房舍富丽堂皇，但不应使之隐藏你们的秘密，或者使之居住在"天国"；那天国以清晨雾霭为门，以夜之歌及其寂静为窗。

论衣服

一位纺织工说：请给我们谈谈衣服吧。
穆斯塔法回答道：
你们的衣服遮住了许多美，却遮不住你们的丑。
你们在你们的衣服里，虽然可以寻到隐秘的自由，但却也发现了桎梏与枷锁。
我真希望你们多用皮肤而少用衣服去迎接太阳和风。
生命的气息隐藏在太阳光里，生命之手随着风移动。

你们当中有的人说：
"我们穿的衣服是北风织成的。"
我要说："对的，正是北风。"
但它是用羞涩当织机，以柔弱肌肉作经纬，刚刚织完，便笑着跑向丛林中。
你们不要忘记，羞怯是挡住污秽目光的盾牌。
当污秽完全消失之时，余下的羞怯不就是心灵的桎梏和腐蚀剂吗？
不要忘记大地喜欢接触你们的赤脚，风渴望戏拂你们的长发。

论买卖

一商人说：请给我们讲讲买卖吧。

穆斯塔法说：

大地贡献果实给你们，假若你们只知道摘满双手，你们也就不该要它了。

你们拿大地的献礼做交易，不仅得到富裕，且感到心灵上的满足。

假若你们不本着爱和公平进行交易，必将有人贪婪成性，有人饥饿潦倒。

大海上、农田中和葡萄园里的劳动者们，当你们在市场上遇见织工、陶匠和香料商时，要一道祈求大地的主神到你们中间来，圣化你们的天平和交易计量的核算。

你们不要让那些游手好闲的人参与你们的交易，因为他们会用花言巧语来骗取你们的劳动果实。

你们要对这些人说：

"和我们一起到田间，或同你们的兄弟一道去下海撒网吧；

"因为大地和海洋对你们像对我们一样慷慨。"

如果在那里见到了歌手、舞蹈家和吹笛子的，你们也要买他们的东西。

因为他们和你们一样,都要采集果实和乳香的;他们带给你们的虽是梦幻的织物,但却是你们灵魂的衣和食。

你们离开市场之前,要留意不让一个人空手而回。

因为大地的主神只有在你们每个人的需求都得到满足时,才会安枕风翼进入梦乡。

论罪与罚

本城的一位法官走上前,说:请给我们谈谈罪与罚吧。

穆斯塔法说:

当你们的灵魂随风飘荡时,

你们孤独,无人监督,不慎对别人犯下过错,同时也对你们自己犯了过错。

因为犯了过错,你们只有去敲天府圣门,不免受到怠慢,让你等上一时。

你们的神性自我像汪洋大海,永远一尘不染。

又像以太,只助有翼者高飞。

你们的神性自我也像太阳,既不识鼹鼠的路,也不寻觅蛇洞。

但是,你们的神性自我并不独自居于你们的实体之中。

你们实体里的,有一大部分是人性的,还有一部分尚未变成人性的。

那只是一个未成形的侏儒,睡梦中在雾霭里行走,寻求自己的觉醒。

我现在就谈谈你们的人性吧,

只有它才晓得罪与罚,而你们的神性自我和雾霭中行走的侏儒,却全然不知。

纪伯伦
散文精选

  我常听你们谈起一个犯了过错的人，仿佛他不是你们当中的一员，而是一个闯入你们天地的陌生人。
  至于我，却要说那纯洁或善良者，超不过在于你们每个人心灵中的至纯至善；

  同样，那恶劣或柔弱者，也不会低于你们每个人心灵中的极恶极弱。
  正如一片树叶，只有得到整棵树的默许，才会枯黄。
  就像那作恶者，如果不是你们大家暗中默许，他是不会作恶的。
  仿佛你们行走在队伍中，都要寻找你们的神性。
  你们既是路，也是行路者。
  倘若你们当中有人跌倒，是因为后面的人而跌倒的，那便是告诫他们，让他们绕开绊脚石。
  是的，他也是为前面的人绊倒的。他们虽然比他走得速度快，脚步也比他稳，却未曾挪开那块绊脚石。

  我还有话对你们说，尽管我的话对你们的心说来很沉重：
  被杀者对自己被杀，不能全然无辜；
  被劫者对自己被劫，不能全无可责；
  正直人也不能完全摆脱恶人犯的过错，
  清白人也不能完全摆脱罪人犯的罪过。
  是的，罪犯常常是受害者的牺牲品。
  更多的是被定罪的人往往替那些无罪的和未受责备的人担负罪责。
  你们不能把公正与不公、善与恶分裂开来；
  因为他们同站在太阳面前，如同交织在一起的黑线和白线。
  黑线断时，织工就要察看整匹布，也要察看织机。

  假若你们当中有人要把一个负心妻子送上法庭，
  那就让她把她丈夫的心也放在天平上称一称，并拿尺子将其灵魂

量一量。

你们中谁想鞭打伤害者,就请先察看一下受伤害人的心灵。

你们中谁想以正义之名砍伐罪恶之树,那就用刀剜出树根仔细观察;他定将发现好根与坏根相互交织着。

探求公正的法官们哪,你们怎样宣判外表无辜、内藏罪心的人呢?你们怎样惩罚杀人肉体而自己灵魂遭杀的人呢?你们怎样控告那种行为属于欺骗和伤害,而实际上自己却受了委屈和虐待的人呢?

你如何惩处那些悔悟大于过错的人呢?

悔悟不正是你们所乐于奉行的法律所支持的公道吗?

但是,你们不能够把悔悟强加在无辜者的身上,也不能够从罪犯的心中将之剔除。

悔悟将在黑夜里自发呐喊,唤醒人们进行内心自检。

欲诠释公道的人们,若不在明光下细察全部行为,你们的愿望怎能实现?

只有在那里,你们才能弄明白,站着的和倒下的却是一个人,黄昏时分,在自己的侏儒性黑夜与神性的白昼之间站立着,也会晓得那神殿的角石,并不比殿基里的任何一块最差的石头高贵。

论法律

一位律师说：关于我们的法律，你有何见教呢？

穆斯塔法说：

你们乐于立法，但你们更喜欢犯法。

正像在海边玩耍的孩子，他们不断地用岸沙堆塔，然后又笑着把沙塔毁掉。

不过，在你们筑塔之时，大海又把更多的沙子推到岸边；

当你们毁掉沙塔时，大海也同你们一起欢笑。

是的，大海总是和天真无邪的人一起欢笑。

可是，对那些既不把生命看作大海，也不把人制定的法律视为沙塔的人，应当怎样呢？

对那些把生命看作石头，将法律视为能在石头上雕刻出自己形象的凿子的人，又当怎样呢？

对憎恶舞蹈家的瘸子，当怎样呢？

对喜欢牛轭，甚至把林中麋鹿视作迷途、流浪的牛崽的牛，又当怎样呢？

对年迈却无力蜕皮，却把除自己之外的虫豸都斥为赤裸、无耻的老蛇，又当怎样呢？

对早赴婚筵，撑饱而去，却说"一切筵席都是犯罪、所有宾客都是犯罪"的人，当怎样呢？

对于这些人,我除了说他们像别人一样站在日光里,而他们却背对着太阳之外,还能说什么呢?

他们只能看自己的影子;他们的影子便是他们的法律。

他们认为太阳只是影子的根源吗?

在他们看来,承认法律只不过是弯曲着身子,在地上寻觅法律的影子吗?

面朝着太阳行走的人们,落在地上的影像能限制住你们吗?

随风游移的人们,风向标能为你们引路吗?

假若你们不在任何人的囚室门上砸碎你们的镣铐,那么,那种人制定的法律能来束缚你们吗?

你们纵情狂舞,只要不碰任何人的锁链,你们还怕什么法律呢?

假如你们脱下自己的衣服,不把它丢在别人走的路上,谁会把你们送上法庭呢?

奥法里斯的居民们,纵然你们能够抑制住鼓声,并能松却琴弦,可谁能命令云雀停止歌唱呢?

论自由

一位雄辩家说：请给我们谈谈自由吧。

穆斯塔法答道：

我们曾看见你们在城门前和自家炉火旁，对你们的自由顶礼膜拜，就像奴隶们，在暴君面前卑躬屈膝，为鞭笞他们的暴君歌功颂德。

在寺庙广场，在城堡的阴影里，我看见你们当中对自由怀着最强烈热情的人，他们把自由像枷锁那样戴在自己的脖子上。

我的心在滴血；因为只有当你们的愿望化为自由，而不是你们的羁饰，不再把自由谈论为你们追寻的目标和成就时，你们才能成为自由人。

当你们的白天不无忧虑而过，你们的黑夜不无惆怅而去之时，你便获得了自由。

不如说当忧愁包围你们时，你们却能赤裸裸地毫无拘束地超脱之，你们才真正获得了自由。

假若你们不砸碎随你们苏醒的晨光而诞生，生命的太阳又将之加在你们身上的锁链，你们怎能超脱这些白昼和黑夜呢？

其实，你们说的那种自由，是这些锁链中最坚固的锁链，虽然链环在阳光下闪闪放光，令人眼花缭乱。

你们想成为自由人而要挣脱掉的东西,不就是你们自身的碎片吗?

如果那就是你们想废除的一个不公平的法律,但那法律却是你们亲手写在你们的前额上的。

纵然你们烧掉你们亲手写的法典,倾大海之水冲刷法官们的前额,也无法抹掉那个法律。

假若那里有你们想废黜的暴君,也要首先看看你们在自己的心中为他建造的宝座是否已经毁掉。

一个暴君怎能统治自由和自尊的人们呢?除非他们的自由被专制,他们的尊严中包含着耻辱!

假如这就是你们欲摆脱的忧虑,那是你自选的,并非他人强加于你的。

假如这就是你们想驱散的恐惧,那是它的座位在你的心里,而不是握在你所怕之人手中。

说真的,在你们灵魂深处的一切事物,都是运动着的,包括期盼的与恐惧的,可恶的与可爱的,追寻的与回避的,几乎都是永恒相互拥抱着的。

这所有一切在你的灵魂里运动着,就像运动着的光与影,成双成对,互不分离。

阴影淡化消失时,留存的光则变成了新光的阴影。

你们的自由就是如此:当它挣脱了自己的镣铐时,它自身便变化为更大自由的镣铐。

论理智与热情

女祭司又开口说：请你给我们谈谈理智与热情吧。

穆斯塔法答道：

你的心灵常常是战场，你的理智、判断总在那里和你的热情、嗜好打仗。

我真想作为一个和平的调解人莅临你的心灵中，将那里相互对立、争斗的因素融合为彼此谐调的一体，共奏同一支乐曲。

但我的愿望难以实现，除非你的心灵致力于和平，并且钟爱你心灵中的各种因素。

你的理智和你的热情，是你那航行在海上的灵魂的舵与帆。

一旦舵毁或帆破，海浪就会把船抛离航线，或使船漂泊在海面。

因为理智独自当权，就会变成禁锢你的力量；而热情，你们一旦听任之，便化为火焰，甚至自焚。

那么，就让你的灵魂带着你的理智飞至热情的最高点，直至引吭高歌。

让你的灵魂用理智引导你的热情，让它在每日复活中生存，像凤凰一样自焚，然后从灰烬中重生腾飞。

但愿你将你的判断和嗜好当作两位嘉宾对待，切不可厚此薄彼，因为如果厚待其一，便会失去两位嘉宾的爱戴与信任。

　　在山林中,你坐在白杨树阴下,享受着来自田野和草原的宁静与清凉,就让你的心反复默念:"上帝之魂静息于理性之中。"

　　当风暴刮起,暴风撼动林木,雷鸣电闪显示苍天威严之时,就让你的心敬畏地默念:"上帝之魂波动于理性之中。"

　　既然你是上帝天空里的一股气息,又是上帝森林中的一片叶子,你也应在理智中静息,在热情中波动。

论痛苦

一个妇人说：请给我们谈谈痛苦吧。

穆斯塔法说：

你的痛苦，是包裹着你的知识的外壳碎裂。

就像果核碎裂一样，以便将果仁露在太阳光下，因为你们必须理解痛苦。

假若你的心能为每天绽现在你面前的奇迹而感到欢悦欣喜，那么，你便认为你的痛苦之妙并不亚于你的欢乐；

你就会像乐意接受你的田野上经历的春夏秋冬四季一样，乐于接受心上季节的变换。

你也就会泰然自若地站着守望你那悲凉的冬天。

正是你自己选择了你的大部分痛苦。

那是你心里的医生为医治你的病而给你的苦药。

因此，你要信从医生，放心地默默服下它。

医生的手尽管沉重而粗糙，但却由冥冥中的上帝之手在指引着。

医生带来的杯子，尽管会灼烧你的双唇，那却是上帝用自己的神圣眼泪和成的泥焙制成的。

人脱离精神世界，走入物质天地，
像云一样，走过痛苦高山，跨过欢乐平原，
与死神吹来的微风相遇，终于回到原地……

论自知

一个男子说：请给我们谈谈自知之明吧。
穆斯塔法说：
你的心在默不做声中晓知日夜之奥秘。
但是，你的耳朵渴望听到发自你内心的知识之声。
你多么想用语言了解凭思想晓知的奥秘！
你多么希望用手指触摸幻想的赤裸躯体！

你想得多好啊！
隐藏在你灵魂中的泉水定会溢出，低声吟唱着奔向大海；
你内心深处的宝藏定会呈现在你眼前。
不过，千万不要用秤去称量你那未知的珍宝，也不要用标尺竿或绳子去探测你那知识之渊的深浅。
须知自我就是不可丈量的无边大海。

不要说："我找到了真理。"
而要说："我找到了一条真理。"
不要说："我找到了灵魂的道路。"
而要说："我发现灵魂在我的道路上行走。"
因为灵魂行走在所有道路上。

纪 伯 伦
散 文 精 选

灵魂既不在一条划定的路上行走,又不像芦苇那样生长。灵魂像荷那样开花,花瓣不计其数。

论友谊

一个青年说：请给我们谈谈友谊吧。

穆斯塔法说：

你的朋友是你的能满足的需求。

朋友是你的田地，你在那里满怀爱意播种，满怀谢意收获。

朋友是你的餐桌，是你的火炉。

因为你饥饿地奔向他，在他那里寻求安稳。

当你的朋友向你吐露心声之时，你既不怕坦诚地向他说"不"，也不会不肯向他说"是"。

当你的朋友沉默时，你的心仍然在倾听他的心声；因为在友谊里，一切思想，一切愿望，一切希冀，均在毫无炫耀之中产生和共享。

你与朋友别离时，不要忧伤；因为朋友的可爱之处在于，当他不在之时，你会觉得友谊更加清新，这正如登山者在谷地里望山峰，山峰显得更加分明。

除了加深神交之外，不要对友谊抱别的目的。

因为那种只探求揭示自身秘密的爱，并不是爱，而是一张撒下的网，只能网住一些无用的东西。

你要把你灵魂中最美好的东西，留给你的朋友。

纪 伯 伦
散 文 精 选

朋友要知道你生命的落潮，也要让他知道你生命的涨潮。
你为打发空余时光而找的人，那算是什么朋友？
你要常找朋友共度生命的宝贵时光。
朋友不是为了填补你心灵的空虚，而是为了满足你的需要。
要让友谊在温柔甜美中充满欢笑和同乐。
因为在润物的露珠中，心可以寻到自己的清晨，继而精神抖擞。

论说话

一位学者说：请给我们谈谈说话吧。

穆斯塔法回答道：

当你与你的思想之间发生争论时，你就要说话了。

当你无法在你的心的孤寂中生活时，你的生活便挂在你的唇上，发出声音，作为娱乐和消遣。

伴随着你的大多话语，思想半受残害。

因为思想是天空之鸟，在语言的樊笼里能够展翅，但却不能飞。

你们当中有些人，因怕寂寞，便去找贫嘴人。

因为孤独的寂静中，呈现在他们眼中的将是赤裸裸的自我，于是设法逃避。

你们当中有的人说话时，在不知不觉或不假思索中，揭示一条真理，而他们自己并不懂得它。

有的人把真理深藏心中，却不肯用话讲出来。

在这些人的胸中，心灵居住在韵律和谐的寂静里。

当你在路上或市场里遇到你的朋友时，就让你的心灵拨动你的双唇，指挥你的舌头。

让你声音里的声音，对朋友耳朵里的耳朵说话。

纪 伯 伦
散 文 精 选

因为朋友的心灵会保存你心中的真理,如同酒的颜色被忘掉了,酒杯也被丢掉,但舌头总保存着酒的滋味。

论时间

　　一位天文学家说：夫子，请给我们谈谈时间吧。
　　穆斯塔法说道：
　　你要衡量那不可测和不可限量的时间。
　　你要按照时辰和季节调整你的举止和行动，引导你的精神前进的方向。
　　你要把时间视作一条小溪，静坐溪旁，观察溪水流淌。

　　但是，你那内心的永恒，却深知生命不能用时光限量。
　　也知道昨天只不过是今天的回忆，而明日不过是今天的梦。
　　你内心所歌唱和所思索的，仍然居于最初时刻的广阔空间里，那里散布着天空的浩繁星斗。
　　在你们当中，又有谁不觉得他那爱的力量是无穷无限的呢？
　　又有谁不感到，那爱虽则无限，却总绕着自身的核心转动，而不会从爱的一种思想转移到另一种爱的思想，从爱的一种行为转移到另一种爱的行为呢？
　　时间不正像爱一样，既不可分割，又是不可用步量的吗？

　　如果思维要你把时间分成季节，那就让每一个季节围绕着其余季节，让现在用记忆拥抱过去，用温情拥抱明天。

论善与恶

城中的一位长老说:请给我们谈谈善与恶吧。
穆斯塔法说:
你们的善,我能够谈,但不能谈恶。
恶,不就是被自身饥饿折磨得精疲力竭的善吗?
确确实实,善临饥饿之时,会到黑暗山洞里去觅食;善到干渴之时,会去饮死水。

你与自我合而为一时,你则是善者;如若不能合而为一时,你就是恶人。
一座被分隔的房子,并不是贼窝,仅仅是一座被分隔的房子罢了。
一条船没有舵,或许会漂泊在充满险阻的群岛之间,却不会沉入海底。

当你努力自我奉献时,你是善者;但是,当你为自己谋求利益时,你也不是恶人。
当你为自己谋利时,你就像树根,深扎在大地里,吮吸大地的乳汁。
当然,果实不能对树根说:"你要像我一样成熟、丰硕,永远奉献。"

因为对于果实来说,奉献是一种需要,而对于树根说来,吸收也是一种需要。

你在完全清醒时谈话,你是善者;而你在微睡时,口舌无目标地发呓语,你也不是恶人。
或许结结巴巴的话语,能扶助柔弱无才的口舌。

当你迈着坚定步伐走向目标时,你是善者;但你的步子蹒蹒跚跚,你也不是恶人。
瘸子虽拐,却也不会后退。
你们这些身强力壮、健步如飞的人,不要出于对瘸子的同情和怜悯,便在瘸子面前故作跛子行路。

在数不清的事情上,你是善者;但是,你一时逃避善事,你也不是恶人。
你只不过迟缓、疏懒罢了。

在你渴求"大我"之中隐藏着善;你们每个人的心中都有这种渴求。
但是,在你们部分人的心中,这种渴求如同汹涌的洪流,挟带着山丘的秘密和森林的颂歌,滔滔奔向大海。
而在另一部分人的心中,这种渴望像平缓的小溪,徐徐徘徊在弯弯曲曲的途中,迟迟不到海边。
但是,千万不要让渴求强烈的人对渴求淡薄的人说:"你为什么行动如此迟缓?"
因为真正的善者不会问赤身裸体者:"你的衣服在哪里?"
也不会问流浪汉:"你的房子是怎样坍塌的?"

论美

一位诗人说：请给我们谈谈美吧。

穆斯塔法回答道：

你们怎样去追寻美呢？假若美不做你们的路和向导，你们怎能找到美呢？

除了美编织你们的言语，你们又怎能谈论美呢？

受虐待、遭伤害的人说：

"美仁慈而温柔，就像一位年轻的母亲，带着豪迈心情，其中又夹杂着些许羞涩，行走在我们中间。"

情感冲动的人说：

"不，美强大而可怕，就像暴风，下撼大地，上摇苍天。"

精疲力竭的人说：

"美是温柔的细语，在我们的心灵中低声说话。

"它的声音久久存在于我们的静寂之中，就像微弱的光，因惧怕黑影而颤动。"

惴惴不安的人却说：

"我们已经听到美在山峦中呐喊。

"紧随呐喊声而来的是马蹄声声、翅膀拍击和雄狮怒吼。"

夜间，守城的人说：
"美将伴着曙光从东方升起。"
午时，劳动者和行路人说：
"我们已经看到美正凭着面临落日的窗口俯瞰大地。"
冬天，被冰雪所阻之人说：
"美将伴着春姑而至，活跃在群山之巅。"
炎炎夏日里，割麦子的人说：
"我们已经看见美正在与秋叶共舞，还看见美的发髻里夹带着雪花。"

是的，这都是你们对美的描绘。
其实，你们描述的不是美，而是你们那些未曾得到满足的需求。
美，并不是一种需求，而是一种欢悦。
美，并不是一张干渴的嘴，也不是一只伸出来的空手，而是一颗燃烧着的心，一个陶醉的灵魂。
美，既非你们想看见的一种形象，也不是你们想听赏的歌。
美是你们闭着眼睛能看到的一种形象，又是你们捂着耳朵亦能听到的歌。
美，既不是隐藏在皱巴巴树皮下的汁液，也不是联系着爪子的翅膀，而是一座鲜花开不败的花园，一群永远翱翔的天使。

奥法里斯城的居民们，美就是揭开面纱露出神圣面容的生命。
你们就是生命，你们就是面纱。
美是揽镜自照的永恒。
你们就是永恒，你们就是镜子。

论死亡

美特拉开口道：现在请给我们谈谈死亡吧。

穆斯塔法说：

你想知晓死亡的秘密吗？

如果不在生命中探寻死亡，你又怎能找到它呢？

黑夜里能够看见，而在白天盲目的猫头鹰，它是不能揭示光明秘密的。

你如果真想揭开死亡的秘密，那就要对生命的肉体敞开你的心扉。

因为生与死是一体的，正像江河与大海是一体一样。

在你的希冀与愿望的深处，隐伏着你对幽冥的无声理解。

你的心梦想着春天，就像藏在雪下的种子所做的梦。

相信梦吧，梦中隐藏着永生之门。

你对死亡的恐惧，只不过是牧人的颤抖；因为他站在国王面前，国王拍他的肩膀示宠。

牧人因肩上留有国王宠爱的印记而颤抖，心中岂不充满欣悦之情呢？

但，你没发现他更加重视那种颤抖吗？

死亡不过是赤身裸体站在风口上,消融在烈日之下吗?

断气不就是呼吸从无休止的潮汐中解脱出来继之升腾,不受任何限制地追寻上帝去吗?

只有你们饱饮静默河水时,你才能真正引吭高歌。
只有你们到达山顶之时,你们才能开始登高,
只有大地包容你们的肢体之时,你们才能真正手舞足蹈。

泪与笑

泪与笑
——小引

  我既不用人们的欢乐替换我心中的悲伤,也不想让忧伤在眼里凝成的泪水转而化作欢笑。但愿我的生活亦泪亦笑:泪,可以净洁我的心灵,使我晓知生活的秘密与奥妙;笑,可以使我接近同胞,并成为我赞美主的象征与记号。泪,我可让它与我共同承担心里的痛苦;笑,可以成为我对自己的存在感到欣慰的外在标志。

  我宁愿在充满渴望中死去,不想在萎靡无聊中而生。我希望我的心灵深处充满对爱和美的饥渴。因为我仔细观察过:在我看来,那些无足无尽的贪婪之徒是最可悲的人,更接近于死物。因为我侧耳聆听过:在我听来,满怀雄心壮志者的长叹,远比二、三弦琴声甜润。

  夜幕降临,花儿收拢自己的花瓣,拥抱着自己的渴望进入梦乡;清晨到来,她又开启自己的香唇,迎接太阳神的亲吻。花的生命是渴望与交往,是泪亦是笑。

  海水蒸发,化为水蒸气,升入天空,然后聚而成云,信步在丘山、谷地之上,遇见和风,便泣而降下,洒向田间,汇入溪流,然后回到自己的故乡大海。云的生命是分别与相见,是泪亦是笑。

  人也如此,脱离精神世界,走入物质天地,像云一样,走过痛苦高山,跨过欢乐平原,与死神吹来的微风相遇,终于回到原地——爱和美的大海,回到主那里……

爱的生命

春

亲爱的,让我们一起到丘山中走一走!冰雪已消融,生命已从沉睡中苏醒,正在山谷里和坡地上信步蹒跚。快和我一道走吧!让我们跟上春姑娘的脚步,走向遥远的田野。

来呀,让我们攀上山顶,尽情观赏四周平原上那起伏连绵的绿色波浪。

看哪,春天的黎明已舒展开寒冬之夜折叠起来的衣裳,桃树、苹果树将之穿在身上,美不胜收,就像"吉庆之夜"① 的新娘;葡萄园

---

① "吉庆之夜",伊斯兰教对《古兰经》始降之夜的敬称。"盖德尔"系阿拉伯语音译,意为"前定"、"定命"、"高贵",亦译作"高贵的夜晚"、"珍贵之夜"、"高贵之夜",又称"前定之夜"或"权力之夜"。关于盖德尔之夜的具体日期,教法学家说法不一。以布哈里、穆斯林所辑圣训为根据的3种说法是:(1)在莱麦丹月下旬的单日之中。(2)在该月的后七天之内。(3)该月的第29夜。另外还有4种说法,其中最后一种说法是:"盖德尔之夜"一词由9个阿拉伯文字母组成,在《古兰经》第97章共出现3次,合起来为27个字母,故应为莱麦丹月的第27夜。因这一说法符合圣训精神,故被世界穆斯林所公认。伊斯兰历以日落为一天之始,而中国穆斯林习惯上沿用公历或中国的农历计日法,故常把莱麦丹月的第28夜误认为盖德尔之夜。

醒来了,葡萄藤相互拥抱,就像互相依偎的情侣;溪水流淌,在岩石间翩翩起舞,唱着欢乐的歌;百花从大自然的心中绽放,就像海浪涌起的泡沫。

来呀,让我们饮下水仙花神杯中剩余的雨泪;让我们用鸟雀的欢歌充满我们的心灵;让我们尽情饱吸蕙风的馨香。

让我们坐在紫罗兰藏身的那块岩石后相亲互吻。

夏

亲爱的,我们一起到田间去吧!收获的日子已经到来,庄稼已经长成,太阳对大自然的炽烈之爱已使五谷成熟。快走吧,我们要赶在前头,以免鸟雀和群蚁趁我们疲惫之时,将我们田地里的成熟谷物夺走。我们快快采摘大地上的果实吧,就像心灵采摘爱情播在我们内心深处的种子所结出的幸福子粒。让我们用收获的粮食堆满粮库,就像生活充满我们情感的谷仓。

快快走吧,我的侣伴!让我们铺青草,盖蓝天,枕上一捆柔软的禾秆,消除一日劳累,静静地听赏山谷间溪水夜下的低语畅谈。

秋

亲爱的,让我们一同前往葡萄园,榨葡萄汁,将之储入池里,就像心灵记取世代先人智慧。让我们采集干果,提取百花香精;果与花之名虽亡,种子与花香之实犹存。

让我们回住处去,因为树叶已黄,随风飘飞,仿佛风神想用黄叶为夏天告别时满腹怨言而去的花做殓衣。来呀,百鸟已飞向海岸,带走了花园的生气,把寂寞孤独留给了茉莉和野菊,花园只能将余下的泪水洒在地面上。

让我们打道回府吧!溪水已停止流动,泉眼已揩干欢乐的泪滴,丘山也已脱下艳丽的衣裳。亲爱的,快来吧,大自然已被睡神缠绕,快用动人的奈哈温德歌声告别苏醒。

冬

我的生活伴侣,靠近我些,再靠近我一些,莫让冰雪的寒气把我俩的肉体分开。在这火炉前,你坐在我的身边吧!火炉是冬令里最可口的水果,给我们讲述后来人的前途,因为我的双耳已听厌了风神的呻吟和人类的哭声。关好门和窗户,因为苍天的怒容会使我精神痛苦,看到像失子母亲似的坐在冰层下的城市会使我的心淌血……我的终生伴侣,给灯添些油,因为它快要灭了;把灯放得靠近你一些,以便让我看到夜色写在你脸上的字迹……拿来酒壶,让我们一起畅饮,一道回忆往昔岁月。

靠近我些!我心爱的,再靠近我一些!炉火已熄灭,灰烬将火遮掩起来……紧紧抱住我吧!油灯已经熄灭,黑暗笼罩了一切……啊,陈年佳酿已使我们的眼皮沉重难负……困倦抹过眼睑的眼睛在盯着我……趁睡神还没有拥抱我,你要紧紧搂住我……亲亲我吧!冰雪已经征服了一切,只剩下你的热吻……啊,亲爱的,沉睡的大海多么呆傻!啊,清晨又是何其遥远……在这个世界上!

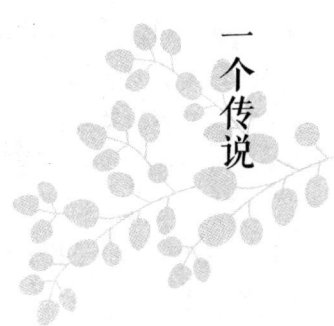

一个传说

在那条河畔,椰子树和柳树阴下,坐着一个农夫的儿子,静静地凝视着淙淙流淌的河水。这个青年自幼长在田间,那里的一切都在谈情说爱:树枝相互拥抱,花儿彼此依偎,鸟雀对歌争鸣。整个大自然都令人精神振奋,赏心悦目。这青年才二十岁,昨天在清泉边看见一位姑娘坐在众少女中间,一眼便爱上了她,正所谓一见钟情。时隔不久,小伙子得知那姑娘是位公主,于是自我埋怨起来,连声责备自己;但是,自责并未使自己的心放弃那种爱情,久未见面也未能使他的精神脱离现实。人在自己的心与神之间,就像被夹在南风和北风之间的柔软枝条,摇摇晃晃,原地不动。

青年凝神注视,但见紫罗兰花生长在延命菊花旁边,随之听到夜莺与鸟低声交谈,于是情不自禁,深感孤独,哭了起来。小伙子深深陷于相思的几个时辰,在他的眼前就像幻影一样闪过。他的情感与眼泪同时溢出,不禁说道:

"啊,这是爱情在戏弄我呀!爱情把我当作笑柄,把我引向那样一个地方:在那里,希望被当作耻辱,意愿被视为下贱。我所崇拜的爱神,已经把我的心高高举上王宫,却把我的地位降低到农家茅舍,又将我的灵魂引向一位美丽的仙女,然而那仙女不仅被无数男子包围着,而且享受着崇高尊荣……爱神哪,我完全顺从你,你要我做什么?我曾跟随你步上火路,受尽烈焰燎烤。我睁开眼睛,看到的却是一片

纪伯伦
散文精选

黑暗；我张口说话，说出的全是悲伤。爱神啊，思念之情满怀强烈的精神饥渴将我紧紧拥抱；这种饥渴得不到情人的亲吻，它是决不会消退的。爱神啊，我是个弱者，而你是强者，为何还要与我争高低？你公正大度，我是个无辜者，你为什么还要欺负我？你是我的惟一支持者，却为什么还要贬损我的尊严？你是我的依靠，为什么抛弃我？假若我的血未按你的意愿流淌，你可以泼掉它；如果我的双脚没有行进在你的路上，你可以让它瘫痪。你尽可任意对待我的躯体，但请让我的心灵在你羽翼下饱尝这静谧田园中的美丽风光和欢乐……千条溪水都向着自己的恋人——大海——流淌；万朵鲜花均朝它们的情侣——阳光——微笑；天上乌云总是冲着它们的追求者——谷地——降雨。而我的心事，溪水不理会，花儿听不到，乌云摸不着。我独自受苦难，孤处恋情中，远离心上人；她既不想让我成为她的父王军中的普通一兵，也不愿意让我做她宫中的一名仆人。"

说到这里，青年沉默片刻，仿佛想向河水的哗啦流淌声和树叶的沙沙响声学一些词语。然后又说：

"你，我不敢直呼姓名的人儿，与我隔着庄严幕幔、雄伟高墙的人儿啊，我那只有在绝对平等的天国才能相见的仙女，利剑听你使唤，万众在你面前俯首，钱粮库及寺院的大门为你洞开！你占据了一颗爱神敬重的心，你奴役了一个主神推崇的灵魂，你迷住了昨天还在这田中自由劳作的人；如今，他已变成了戴着爱情枷锁的俘虏。美丽的姑娘，我看到了你，方才知道我为什么来到了这个世界。当我知道你的地位高，同时看到自己的低贱时，便晓得主那里藏着不为人知的秘密，同时也晓知了把灵魂送往爱情不受人类法律约束的地方的必由途径。当我看到你的眼睛时，我就相信这种生活就是天堂，而天堂的门就是人的心扉。当我看到你的高贵与我的低微就像巨人与雄狮相互搏斗时，深知这块土地已不再是我的故乡。当我看见你坐在你的女友们当中就像玫瑰花居于香草中间时，我猜想我的梦中新娘已经化为肉身，变成了像我一样的人。当我洞悉到你父王的非凡尊贵之时，我意识到要采摘玫瑰花必定会碰到利刺，它会刺得手指流血；甜梦收集起来的一切，会被苏醒驱散……"

这时,青年站起身来,心灰意懒、悲伤失意地朝清泉走去,边走边说:

"死神哪,救救我吧!芒刺扼杀鲜花的大地已不适于居住。快使我挣脱爱神被逐出王位、高贵威严取而代之的岁月吧!死神啊,快来救救我吧!永恒天国比这个世界更适合情侣相会。死神呀,我在那里等着我的意中人,我将在那里与她相见。"

青年行至清泉旁时,天色已近黄昏,夕阳开始从田野上收起自己那金黄色的饰带。他坐下来,禁不住泪水簌簌下落,直淌入公主留下的脚印深处,只见他的头低垂在自己的胸脯上,仿佛在全力阻止自己的心从胸中掉出来似的。

就在那一时刻,柳树后出现了一位姑娘,长长的裙尾拖在草地上,旋即在青年的身边停下了脚步,伸出丝绸般光滑柔润的手,抚摩着青年的头。青年抬头望了姑娘一眼,只见他目光朦胧,像是梦中人刚刚被晨光唤醒。眼见站在自己跟前的正是那位公主,青年急忙双膝下跪,酷似摩西①看见面前的丛林燃烧时的情形。他想说话,不期周身颤抖,泪水模糊了双眼,张口结舌,一句话也说不出来。

随后,姑娘紧紧搂住青年,先吻他的双唇,再吻他那淌着热泪的眼睛,继而用比芦笛还柔美的声音说:

"亲爱的,我在梦中见到了你,我在孤独寂寞中看到了你的面容。你就是我失去的那位心灵伴侣。你就是我命中注定要到这个世界来时,与我分离的那绝美的另一半。亲爱的,我是秘密来与你相会的。看哪,你现在就在我的怀里,你不要失望,不要悲伤,不要急躁!我丢下了父王的荣华富贵,特意来跟随你到遥远的地方去,与你共饮生死甘苦。

---

① 摩西,《圣经》人物,古代以色列人的领袖。他出生在埃及,当时埃及法老下令杀尽新生的以色列男婴。他的母亲先将他藏了三个月,后因不能再隐藏下去,就将他放进蒲草箱里,搁在河边芦荻中;后被法老女儿所救,带回官中养育。他长大后,因为打死了一个欺压以色列人的埃及人,听说法老要杀他,便逃到米甸,被当地祭司叶忒罗收留,娶其女西坡拉为妻。一天,他赶着岳父的羊群往野外牧放,突然来到何烈山,见火焰中有一个人。原来是上帝耶和华显现,摩西急忙双膝下跪。此处比喻青年看到公主,如同摩西看到了上帝。

亲爱的，起来吧！让我们到远离人世的遥远荒野去吧！"

　　情侣双双走进林间，夜幕遮掩了二人的身影。国王的暴虐对他俩无可奈何，焉在乎黑暗中的幽灵。

　　在王国的边境地带，国王的侦探找到了两具人的尸骨，其中一具脖颈骨上还挂着一串金项链。两具尸骨旁有一块石头，上面刻着这样的字迹：

　　　　爱神将我们结合，谁能将我们分开？
　　　　死神将我们召去，谁能将我们追回？

诗人的死是生

夜幕笼罩城市上空，冰雪为城市穿上冬装，严寒迫使人们退出市场，躲藏在自己的安乐窝里。狂风在房舍之间呼啸悲叹，就像吊丧者站在大理石墓间哀悼死神的猎物。

在城边上，有一座简陋茅舍，柱斜梁倾，在厚厚的冰雪重压下，行将坍塌。小屋的一角，放着一张破床，床上躺着一个奄奄一息、行将就木的人。他望着那微弱的灯光，那灯头似在竭尽全力挣扎，试图征服黑暗，但终于被黑暗压倒。那还是一个正值青春妙龄的少年郎，却知道自己大限即至，就要永远地摆脱生活桎梏，等待着死神降临。他那蜡黄色的脸上闪烁着求生渴望之光，而双唇上溢出的仍是凄楚的微笑。那是一位诗人：来到世上，以纯美言词给人送去欢乐为本；如今，就要饿死在这富贵活人城中了。那是一个高尚的灵魂：蒙主之恩而降生，以便使生活变得更甜美；如今，人类还未报之以微笑，他就要告别我们这个世界了。他已进入人生的弥留之际，行将断气，身旁只有油灯一盏，那是他孤独寂寞之中的伙伴；还有一页页诗稿，满载着他那颗高尚灵魂的梦幻。

那位生命垂危的青年，竭尽余力，把双手举上空中，睁开疲倦的眼皮，仿佛想用最后一丝目光穿透那破烂茅舍的屋顶，观看隐藏在乌云之后的繁星，然后说：

"美丽的死神，你来吧！我的神魂想念你呀！走近我，解去我身上的物质枷锁吧！因为我拖着它已感疲惫不堪。来吧，美妙的死神，快把我从人群中解救出来吧！只因我把从天使那里听来的话翻译成了人的语言，他们便说我是异己分子。快朝我走来吧！人已经抛弃了我，把我丢入被遗忘的角落，只因为我不像人一样贪图钱财，也不使用不如我的人。甜美的死神，快到我这里来，带我走吧！我的同胞们已不需要我。让我投入你那充满爱的怀抱吧！求你吻吻我的双唇。我这双唇既未尝过母亲亲吻的滋味，也没有接触过姐妹的前额，更未亲过意中情人的嘴。亲爱的死神，快来拥抱我吧！"

这时，诗人的病榻旁边突然闪出一位女子的身影，其美远非凡人所具有，只见她身穿雪白晶莹的衣裙，手持采自天园的百合花环。她走近诗人，热情拥抱他，伸手合上他的眼帘，以便让他借灵魂的目光看着她。她吻了吻他的双唇，那充满深爱的一吻留给诗人双唇的是心满意足的微笑。

刹那之间，茅屋变得空余尘土，只有一些诗稿散落在黑暗角落。

岁月不居，时节如流，数世代飞闪而过。那座城中的居民一直沉湎于昏睡之中。当他们苏醒过来，眼睛看到知识的曙光时，他们在公共广场的中心为那位诗人建造了一座巨大塑像，并为他确定了每年的纪念日……啊，人是多么愚昧！

美人鱼

在靠近日出的群岛周围的大海深处——盛产珍珠的地方——静卧着一具青年人的尸体,旁边的珊瑚丛间坐着一群金发美人鱼,她们用美丽的蓝眼睛望着那具尸体,用音乐般的甜润声音谈论着。大海听到了她们的谈话,海浪将其送往岸边,微风把它带给我的心灵。

一个美人鱼说:

"这是一个人,昨天才掉进大海,当时大海在发怒。"

第二个说:

"大海并未发怒,而是自诩为神之后裔的人参加了血腥战争,鲜血流淌,把水都染成了深红色。这个人是位战死者。"

第三个说:

"我不知道何为战争,但晓得人类在征服了陆地之后,还想主宰海洋,于是创造了种种奇怪机器,能够在海上破浪前进。海神尼普顿得知,对这种挑衅勃然大怒。人类无可奈何,为了讨好我们的海王,只得献祭赠礼。我们看到的尸骸,是昨天才落入海底的,不过是人类献给伟大海王尼普顿的祭品罢了。"

第四个美人鱼说:

"尼普顿伟大,而他的心又是何其冷酷!假若我是海王,我是决不会喜欢血肉祭品的。来吧,让我们看看这位青年的尸体,也许他能让我们了解关于人类的一些情况。"

纪伯伦
散文精选

美人鱼们靠近青年的尸体,开始在他的口袋里翻找搜寻。她们在贴近他心口处的衣褶里找到一封信。一个美人鱼拿起那封信,开口念道:

亲爱的:

时已是午夜,我辗转反侧,难以入睡,能为我解忧的惟有眼泪;能使我得到安慰的,只有盼望你挣脱战争魔爪,回到我的身旁。我一直思考着临别时你对我说的那句话:"每个人欠下的泪债,总有一天要偿还……"亲爱的,我不知道自己该写什么,只能听凭我这颗心自由流露在纸上。一颗被不幸折磨的心,只有爱情能给之以安慰;爱情可令痛苦化为欢悦,可教悲伤转为欢乐……当爱神把我们俩的心结合在一起,正期盼两体化为一体,拥有一颗灵魂之时,战争把你召去,你在义务与爱国主义的驱动下奔向战场。这种分离情侣,令女人变成寡妇,使孩子成为孤儿的义务,算什么义务?这种动辄宣战,破坏家园的爱国主义,又算何种爱国主义?这种只加于可怜乡下人而不涉及强权、贵胄的义务,又算什么义务?

如果这种义务只会破坏各民族之间的和平共处,如果这种爱国主义只会扰乱人类的平静生活,那么,就让这种义务和爱国主义与我们永别吧……不,不,亲爱的!别把我这话放在心上!你要勇敢作战,热爱自己的祖国,不要听一位被爱情蒙住双眼,被离别夺去视力的姑娘的信口胡言……如果爱神不能让你今世回到我的身边,那么,爱神一定能够在来生把我送到你的面前。

…………

美人鱼读完信,将之放在青年的衣褶里,一声不响,她们难过地游去了。当她们游远时,其中一个美人鱼说:

"人心比尼普顿的心更冷酷。"

笑与泪

夕阳从花木繁茂的花园收起金黄色的长尾,明月升起在遥远的天际,将柔和的月华洒在花园里。我坐在树下,静静观赏着天色的变化,透过树木枝条间仰望挂在瓦蓝色的天毯上的银圆似的星斗,耳里聆听着从远处山谷传来的溪水的淙淙流淌声。

鸟儿藏身在叶子浓密的树枝间,花儿合上了眼,大自然一片寂静。这时,忽然听到踏着青草的沙沙脚步声传来,我调转视线望去,只见一对少年男女正朝我走来。片刻后,二人坐在一棵枝繁叶茂的树下;我能看见他俩,而他俩却看不见我。

那小伙子朝四周环视了一下,然后我听他说道:"亲爱的,你就坐在我的身边,听我说吧!你微笑吧!因为你的微笑是我们未来的标志;你欢乐吧!因为岁月已在为我们而欢乐。我的心灵告诉我,你的心中有疑虑;亲爱的,对爱情心怀疑虑是一种罪过。这大片银白色月亮映照下的地产很快就要归你所有,你也将成为这足以与王宫媲美的宫殿的女主人。我的宝马将供你四处游览时乘骑,我的花车将载着你出入舞场、筵席。亲爱的,你就像我的宝库中的黄金那样笑吧!亲爱的,你就像我父亲的珠宝那样望着我吧!亲爱的,你听啊,我的心只会在你的面前倾诉衷情。我们面临着甜蜜之年。我们将带着大量金钱,到瑞士湖畔、意大利的旅游胜地、尼罗河上的宫殿附近和黎巴嫩的雪杉枝条下,度过我们的甜蜜之年。你将见到公主和贵妇人,她们也将嫉妒你的周身华丽服饰、珠光宝气。那一切都由我提供给你，难道你不喜欢？啊，你的微笑多么甜美！你的微笑与我的命运微笑是何其相似啊！"

过了一会儿，我看见他俩缓步走去，脚下踏着鲜花，就像富人的脚踏着穷人的心。

二人消失在我的视野里，而我还在思考着金钱在爱情中的地位。我想：金钱乃人为恶之源，而爱情则是幸福与光明的源泉。

我一直沉湎于这种思考之中，直到两个人影从我面前走过，然后在草地上坐了下来。一个是小伙子，另一个是姑娘，来自田间的农家茅舍。一阵发人深省的寂静过后，我听到那个患肺病的小伙子谈话中夹带着深深的叹息声。他说："亲爱的，擦擦泪吧！爱神想打开我们的眼界，使我们成为她的崇拜者。爱神赋予我们以忍耐品性和吃苦精神。亲爱的，擦擦眼泪吧！你要忍耐，因为我们早已结成崇拜爱神的同盟。为了甜蜜的生活，我们宁可忍受穷困的折磨、不幸的苦涩和分离的熬煎。我一定要与岁月搏斗，以便挣到值得放在你手中的一笔钱财，足以帮助我们度过此生的各个阶段。亲爱的，爱情就是我们的主，会像笑纳香火那样接受我们这叹息的眼泪，同样也把我们应得的奖赏给我们。亲爱的，我要同你告别了，因为月落鸟啼之前我得离去。"

之后，我听到一种低微柔和的声音，且不住被炽热的长叹声打断。那是一位温柔少女的声音，其中饱含着发自少女周身的爱情的火热、分离的痛苦和忍耐的甘甜。她说："亲爱的，再见！"

二人分手，我仍坐在那棵树下，只觉得无数只怜悯之手争相拉扯我，这个奇妙宇宙的种种奥秘争相挤入我的脑海。

那时，我朝着沉睡的大自然望去，久久观察，发现那里有一种无边无沿的东西；那种东西用金钱买不到；那种东西，秋天的眼泪抹不去、冬季的痛苦折磨不死；那种东西在瑞士的湖泊、意大利的旅游胜地找不到；那种东西忍耐到春天便复生、到夏季便结果。我在那里所发现的就是爱情。

梦

在田野上,一条水晶般的小溪畔,我看见一只鸟笼子,竹篾、木条加工精细,一看那便知出于能工巧匠之手。笼子里的一个角,有一只死鸟;另一角有一水罐,但水已干;还有一个食罐,里面一粒粮食也没有。

我静静地站在那里,留心侧耳细听,仿佛死去的鸟儿和小溪的淙淙流水声有什么训诫似的,在求良知开口说话,要向人心探询些什么。我一番思考之后,知道那只可怜的小鸟曾在干渴中与死神搏斗,而它就在溪水旁边;它是饿死的,而它就在生命的摇篮——田野之中,就像一位富翁,因库房门紧闭,活活被饿死在金山间。

片刻后,我看见鸟笼突然变成了一个透明的躯体,死鸟变成了人的心脏,心上的深深伤口正在滴着鲜红鲜红的血,整个伤口酷似悲伤女人的嘴唇。

然后,我听到从伤口发出的一种夹带着血滴的声音说:

"我是人的心,物质的俘虏,人类世俗法律的牺牲品。在美的田野中,在生活甘泉之畔,我被人为诗人制订的法律牢笼所俘获。在爱神手中的人类美德摇篮里,我孤独地死去。因为我被禁止享用那种美德和这种爱情之果。我所向往的一切,在人看来都是耻辱;我所渴望的一切,均被人判断为卑贱。

"我是人的心,被囚禁在世俗法规黑暗中,已是衰弱不堪;我被

纪伯伦
散文精选

幻想的锁链束缚，故而奄奄一息；我被遗弃在文明迷宫的角落里，已经步入死亡。然而人类一言不发，袖手笑而旁观。"

　　我听到了这些话语，眼见它和着血滴由那颗带伤的心里滴出。那之后，我再也没有看到什么，也没有听到什么声音，旋即回到了现实之中。

让我们玩捉迷藏吧。

你如果藏在我的心里，就不难把你找到。

但是如果你藏到你的壳里去，那么任何人也找不到你的。

美

美是智士的宗教。

——印度一诗人

人们哪,你们徘徊在各种宗教的歧路上,迷惘在不同信仰的山谷里,认为不信的自由比受皈依束缚更充分,不信的舞台比归顺的堡垒更安全,你们何不把美当作宗教,把美敬畏为主!因为美是体现可理会成果的万物完美的外部表现。你们要唾弃那样的人:他们把虔诚比作游戏,今世贪图钱财无度,且乞盼来世尽享富贵。你们要相信美的神性!那是你们珍爱生命的起点,那是你们珍惜幸福的源泉。你们要向美忏悔!美会使你们的心靠近女性的宝座;那是你们所有情感的一面明镜。美,会把你们的心灵送返大自然的怀抱;那本是你们生命的故乡。

在夜里迷路的人们哪,沉溺在幻想汪洋里的人们啊,美中有不容怀疑的真理,美中有帮助你们对抗谎言黑暗的灿烂光明。请你们仔细观察春天的苏醒和晨曦的降临;那么,美可使观察者大饱眼福。

请你们侧耳聆听百鸟鸣唱、树叶沙沙作响和小溪淙淙流淌;那么,美可使听者得到一份福分。

请你们看看孩童的温顺、青年的机敏、壮年的力量和老年的智慧;那么,美足令观者迷恋、动心。

纪 伯 伦
散 文 精 选

　　请你们赞美水仙花似的眼睛、玫瑰花似的面颊和秋牡丹似的小口；美，自然为赞美者们所颂扬。

　　请你们赞颂枝条般柔嫩的身段、像夜一般乌黑的秀发和像牙一样白皙的长颈；那么，美，一定为赞颂者们感到兴高采烈。

　　请你们把躯体作为圣殿献给美；那么，美，一定会奖赏那些顶礼膜拜者们。

　　承受天降美之奇迹的人们哪，你们欢呼吧，高兴吧！因为你们无可畏惧，你们无所忧伤。

睿智来访

寂静的夜里，睿智到来了，站在我的床边，用慈母般的目光望着我，擦去我的眼泪，说："我听到了你心灵的呼唤声，特来给之以安慰。在我的面前打开你的心扉吧，我将让其充满光明。你尽管发问，我将为你指点通往真理之路。"我说："睿智呀，我是何人？我怎么走到了这么一个可怕的地方？这宏大意愿、丰富图书和奇异画面是怎么回事？这像鸽群飞闪而过的思想是怎么回事？这充满倾向的诗句与富有情趣的散文从何而来？这些令人痛苦，又令人欢欣，拥抱我的灵魂，又涌上我的心头的成果从何而来？这些凝视着我、洞察我的内心深处的眼睛，为何不理睬我的痛苦？这些声音何以为我的当今岁月哭号，却歌唱我的童年？何为青春？为何戏弄我的爱好，嘲笑我的感情，忘却往昔成就，为琐碎小事而欣喜，嫌明天来得太慢？这是什么世界？为何把我带往不为我所知的地方，和我一起站在光彩的立场上？这大地为何张着大口吞噬人的躯体，却敞着胸怀任贪婪魔鬼安居？通往幸福爱情的路上有万丈深渊，人却依旧对之恋恋不舍，原因何在？人为何不顾死神抽打，仍要求与生命亲吻？人为什么宁可以一年的悔恨去买一分钟的享乐？人为何不听梦想的呼唤，却要向困神投降？人又为什么随着愚昧溪流一直走向黑暗海湾？睿智啊，所有这些都是怎么回事呢……"

睿智回答道："人哪！你想用神的眼光看这个世界，却又用人的

纪伯伦
散文精选

思想了解未来世界的奥秘，此乃愚蠢至极也。到原野去吧，你会发现蜜蜂在鲜花周围旋飞，苍鹰在向猎物俯冲。进入你的邻居家中，你会看到孩童见火光而惊异的神态，母亲在忙于家务。你要像蜜蜂一样，而不要在静观苍鹰打猎中浪费大好春光。你要像孩童一样为火光而欢喜，让你的母亲安心忙自己的家务。你所看到的一切，过去和现在都是为你而存在的。那丰富的图书、奇异的画面和美好的思想，都是你的先人们灵魂的幻影。你撰写的诗文是你与人类兄弟之间互通的桥梁。令人痛苦，又令人欢欣的成果是往昔播在心灵田地的种子，未来将得到收益……戏弄你那爱好的青春将打开你的心扉，以供光明进入。这张着口的大地会使你的灵魂挣脱你的肉体的奴役。这个带你行走的世界便是你的心，而你的心则是你猜想的那个世界的全部。在你看来愚昧、渺小的那个人，他从上帝那里来，以便用痛苦学习欢乐，从黑暗中获取知识……"

睿智伸手抚摩着我那火热的前额，说："大胆往前走，决不要停留，前面就是至美。走啊，不要怕路上的荆棘，因为它只使败血外流。"

现实与幻想之间

生活背负着我们从一个地方走到另一个地方，命运领着我们从一种环境转移向另一种环境，而我们行进的路上无处不是障碍，我们听到的声音无一不使我们胆战心惊。

我们看到美神端坐荣誉宝椅，于是接近他，以思念之名弄脏了他的衣边，摘下他那圣洁的王冠。爱神走过我们的身边，穿着告别的衣衫，我们害怕他，于是躲藏在黑暗洞穴，或者跟在他的身后，以他的名字干尽坏事；我们当中的明智者，将爱神当作桎梏背在身上，虽然他比花香轻柔，较黎巴嫩的微风和煦。

智慧之神站在街口当众呼唤我们，而我们却认为他是虚妄，就连他的追随者也不看在眼里。

自由女神邀请我们赴宴，与她同饮共餐，我们去了，大吃大喝，于是宴会变成了胡作非为的舞台和自我轻蔑的场所。

大自然向我们伸出了友好之手，要我们享受它的美，而我们却害怕它的寂静，于是躲到城市，只见城中的人越来越多，就像看见饿狼的羊群，相互拥挤在一起。

现实带着稚童的微笑或亲吻造访我们，而我却紧锁情感的大门，像罪犯一样躲避。人心向我们求救，灵魂呼唤我们，而我们比矿物还聋，全然不去理会；有谁听到自己心的呼喊和灵魂的召唤，我们会说："这是个疯子，赶快躲开他！"

纪 伯 伦
散 文 精 选

　　黑夜如此闪过,而我们不知不觉;白昼与我们握手,而我们既怕黑夜,又怕白昼。神本来属于我们,而我们却接近土。饥饿在吞噬着我们的力量,而我们从不去尝生活的面饼。

　　生活是多么可爱,我们距生活又是多么遥远!

田野上的哭声

拂晓时分，红日尚未从朝霞后露面，我坐在田野里与大自然亲密交谈。在那充满纯与美的时刻，人们还在被窝里，时而魂游梦境，时而睁眼醒来，而我却头枕着草地，向我看到的一切，探询美的真谛；向可看到的一切，求问何为真正的美。

当我的想象力将我与世俗人间分开，又把物质的布片从非物质的自我上揭去时，我感到我的灵魂得到了升华，使我正在接近大自然，向我展示着大自然的秘密，让我明白大自然中万物的语言。

就在这时，一阵微风从树枝间吹过，就像绝望的孤儿那样不住叹息。我问道："和煦的微风啊，你为何叹气？"微风答道："烈日炎炎似火烧，我被迫向城里逃，不料城中病菌缠住我的纯净衣角，人的有毒气息也将我死死粘着。因此，我痛苦不堪。"

随后，我向花儿望去，但见百花眼里的露珠化成了泪珠，簌簌滴落不止。我问："美丽的鲜花呀，你们为何哭泣？"其中一朵花抬起它那秀雅的头，说道："我们之所以哭泣，因为人就要来了。他们折断我们的脖颈，把我们带到城里去，就像奴隶一样把我们卖掉，可我们都是自由人呀！夜晚来临，我们凋零，他们便把我们扔进垃圾堆里。人的手如此残酷凶狠，将把我们与我们的故乡田野分离开来，我们怎能不哭呢？"

片刻后，我听到小溪像失去儿子的母亲一样哭号。我问小溪：

纪伯伦
散 文 精 选

"甘甜的溪水呀,你为何号哭?"小溪答道:"因为我情不自愿地流到城里,那里的人却看不起我,用葡萄汁取代我而饮用,只是利用我来承载污垢。我这洁净之体很快就会变得污浊不堪,我怎能不痛哭悲号呢?"

旋即,我侧耳细听,听见鸟儿在唱悲歌,酷似号丧。我问道:"美丽的鸟儿,你为何号丧呢?"鸟儿靠近我,站在枝头,说:"人就要来了,带着地狱里的刑具,像用镰刀割庄稼那样,将我们消灭。我们现在正在互相诀别,因为我们不知我们当中谁能幸免于不可逃避的命运。我们走到哪里,死神跟到哪里,我们怎能不号丧呢?"

朝阳爬上东山,树头戴上金黄色的冠冕。我自问:"人为什么要毁坏大自然的建树呢?"

爱情秘语

我的美人儿呀,你现在哪里?你在小花园里浇灌那些爱你如同婴孩恋母的花儿?还是在自己的闺房,那个你为圣洁建造了祭坛,我誓愿以灵魂和生命献祭的地方?或者你在书海徜徉,虽然你已满腹经纶,还想更多地汲取人类的智慧?

我心灵的伴侣,你在何方?你在庙堂为我祈祷,还是在田野与你钦敬和梦想的大自然亲切交谈?或者在受苦人的茅舍里,用你那甜润的心灵安慰苦心欲碎的女人,并且慷慨施予她们以思想?

你无处不在,因为你是上帝灵魂的一部分;你无时不有,因为你强健胜过光明。

你可记得我们相聚的夜晚?你的心灵之光在我们周围形成光环,爱的天使围绕着我们,我们尽情歌颂圣灵的伟业。你可记得我们同坐在树荫下的白天?浓荫遮蔽着我们,仿佛有意挡住人们的视线,就像肋骨将心的神圣秘密遮掩。你可记得我们走过的小径、斜坡?你我的手指,就像你的辫子一样,发束相互编在一起;你我头依着头,酷似你保护着我,我保护着你。你可记得你来告别的时刻?你拥抱我,亲吻我。你给我的是圣母马利亚式的一吻,我从中知道,唇与唇一旦相吻,便带来了语言难以表述的天上秘密。那一吻是双双合叹一口气的前奏;那一口气就像上帝吹入泥中的那口气,泥顿时变成了人。那一口气,先于我们到达灵魂世界,宣布你我两颗心灵的高贵,在那里一

纪 伯 伦
散 文 精 选

直待到我们与之相会，永不分离……之后，你亲吻我，再亲吻我，流着泪说："肉体有说不清、道不明的志趣，往往因为世间琐事和微小目的而分别远离；灵魂则不同，总是安居爱神掌中，直至死神降临，将之带往上帝那里。亲爱的，你去吧！生活既然委派你完成什么使命，你就乖乖服从她吧！生活是位美女，她会让服从者饱饮满杯的甘甜多福河①水。至于我嘛，你的爱就是与我朝夕相伴的新郎；思念你，那便是经久不散的吉庆婚礼。"

我的情侣，你现在哪里？每当微风吹向你那边时，我总是让它带去我的心脏搏动声和周身的隐秘。莫非你静夜里没有入睡？或者在静观意中情郎的肖像？那肖像已不似今日的他：往昔他因在你的身旁而眉头舒展，如今痛苦已在他的额上投下了阴影；往昔他的眼睑因用你的美搽抹而神采飞扬，如今已因哭泣而枯皱不堪；往昔他的双唇因你亲吻而富有润泽，如今已因干裂而失颜。

亲爱的，你在何方？你在大海后可能听到我的呼喊和哭声，看得见我的虚弱和低贱，晓知我的耐心和坚忍？莫非天空中没有能传达一个痛苦临终人声息的灵魂？难道心灵之间没有报送一位弥留中情人苦衷的无形连线？

我的生命啊，你在哪里？黑暗已将我扼住，悲伤已将我压倒。只要你在空中微笑，我就能恢复精神；只要你在苍穹呼吸，我就能重得生机。

亲爱的，你在何方？你在哪里？

啊，爱情是多么伟大，而我又何其渺小！

---

① 多福河，神话传说中天堂里的一条河。

情侣

第一眼

那第一眼,是分开人生醉与醒的一瞬。那第一眼,是照亮心灵各个角落的第一柄火炬。那第一眼,是人心之琴第一根弦奏出的第一声神奇乐音。那第一眼是暂短瞬间,却可以使心灵重听往日的故事,向心灵之眼揭示夜的作为,向心灵的洞察力显露这个世界本质的功绩,并且吐露未来世界的永恒秘密。那第一眼,是阿施塔特从空中抛下来的一粒果核,眼睛将之投入心田,情感促其发芽成长,心灵令其开花结果。来自情侣的第一眼,就像飘荡在海面上的圣灵,天和地由之而诞生。来自终身伴侣的第一眼,酷似上帝之言:"就这样!"

第一吻

上帝将爱情的多福河水斟满杯子,把杯饮下的第一口,便是那第一吻。怀疑会令相信中充满痛苦,而相信则会使欢乐弥漫心间;怀疑与相信的界限,便是那第一吻。第一吻,是精神生活长诗的开端,又是理想人生小说的第一章。那第一吻,是连接平淡过去与辉煌未来的

纪伯伦
散文精选

纽带，将情感的静默与歌声集于一体。那第一吻，是四片嘴唇同时说出的一句话，宣布心变成了宝座，爱情是国王，忠诚是王冠。那第一吻，是柔雅一触，就像微风指头轻抹玫瑰花唇，带着美味的长叹和甜滋滋的轻轻呻吟。那第一吻，是消魂的颤抖之始，正是它将情侣双双脱离度量衡世界，走进梦悟天园。那第一吻，将秋牡丹与石榴花结合为一体，混合起两种花的气味，从而生出第三种气息……如果说第一眼是爱情女神抛入人的心田的第一颗果核，那么，第一吻就像生命之树第一枝头开出的第一朵花。

结　婚

在这里，爱情将生活的散文写成诗篇，把生命的意义编成书卷，供白昼朗读，供黑夜吟唱。在这里，思念揭去了遮掩往年隐秘的层层幕幔，集星点乐趣组成了只有灵魂拥抱主时才能得到的幸福。结婚，就是两性神格结合在一起，在大地上创生第三种神格。结婚，就是用爱情将两个强者结合在一起，共同抵抗一个可恶的弱灾。结婚，就是将黄色的美酒与红色的佳酿混合在一起，产生出类似黎明到来时朝霞显现出的金黄色。结婚，就是两个灵魂和谐一致，两颗心联合化一。结婚，是一条长链的一个金环，那长链的首端是第一眼，其尾不见终点。结婚，是圣洁天空降向神圣大自然的纯净春雨，以便开发吉祥大地的潜力……如果说来自情侣的第一眼是爱情女神抛入人的心田的第一颗果核，而来自情侣双唇的第一吻像生命之树第一枝头开出的第一朵花，那么，与情侣结婚就像是那颗果核开出的第一朵花结出的第一颗果子。

幸福之家

我的心在我的胸中待得疲倦了,便告别我去了幸福之家。他到了心灵崇拜的那座殿堂,站了下来,不禁感到茫然。因为他没有看到他久所想像的一切。他既没有看到力量,也没有看到金钱,更没有看到权势。他只看到一个青年——壮美,及他的女伴侣——爱娘,还有他俩的女儿——智慧。

我的心对爱娘说:"爱娘,满足在哪里?我听说它和你们在一起住在这个地方。"爱娘说:"满足走了,躲到城里那个贪欲集聚的地方去了。我们不需要它。幸福不求满足,幸福是追求拥抱的一种向往。满足是一种安慰,与之相伴的是遗忘。永恒的心灵永不满足,因为他追求完美,而完美是没有止境的。"

我的心对壮美说:"壮美呀,让我看看女人的秘密吧!因为你满腹经纶,求你启迪开导。"壮美说:"人心哪,女人就是你呀;你怎样,她就怎样。女人就是我;我到哪里,她就到哪里。女人就像未经愚昧之辈扭曲的宗教;女人就像乌云未遮的圆月;女人就像没有被腐败气息纠缠的微风。"

我的心走近壮美与爱娘的女儿智慧,说道:"把智慧给我,让我把她带到人间去吧!"爱娘回答道:"你要说,她就是幸福:始于心灵最神圣的圣地,而非来自外部。"

两种死

夜阑更深,死神从上帝那里降向熟睡的城市,落在一座宣礼塔顶。它用它那明亮的双眼穿透住宅墙壁,看到了乘坐在幻梦翅膀上的灵魂和受困神意志制约的躯体。

月亮沉没在熹微晨光之后,城市披上一层梦幻似的薄纱,死神迈着轻轻的脚步穿行在住宅之间,终于来到一个富豪的公馆。死神抬脚进门,没有遇到任何障碍。它站在富豪床边,伸手触摸富豪的前额,富豪惊醒过来。他一看见死神的影子站在面前,惶恐万状,失声喊道:"可怕的梦魔,离我远点!凶恶的幻影,你快走开!你这个盗贼,你是怎么进来的?你这个强盗,你来干什么?我是这家主人,你给我走开!快滚开!不然,我就要喊来奴仆和守卫,将你碎尸万段!"

死神走近富豪,用惊雷似的声音说道:"我就是死神!你要注意,放尊重一些!"富豪回答道:"你现在要我怎么样?你有什么要求?我还没有结束自己的工作,你为什么就来了?你对像我这样的富豪大亨有何要求?你还是到久病的人那里去吧!你快离开我,不要让我看见你那伤人的利爪和你那毒蛇似的长发。你走吧!我讨厌看你那两个巨大的翅膀和破烂的体躯。"一阵令人烦恼的沉寂之后,富豪又说:"不,不!仁慈的死神啊,我刚才说的那些话,请你不要在意!我因害怕,一时心慌,才那样说的。你拿一斗黄金走,或者带走几个家仆的灵魂,放我一马吧……死神啊,我还想活下去,因为我还有没结清

的账,人们欠我的钱还没有还清。海上还有我的船,尚未靠岸。地里的庄稼也还没有长成。我这里的东西随你拿,只要放过我就行。我有婢女若干,个个像晨光那样美丽,任你挑,任你选。死神呀,你听我说,我有一个独生子,我喜欢他,我的希望全寄托在他的身上,你把他带走吧!只要能把我留下,你愿意拿什么就拿什么,你可以把一切都拿走,只求你放开我!"

富翁话音未落,死神伸手堵住那个凡奴的嘴,摄取了他的灵魂,并将之交给风神带走了。

旋即,死神又走进柔弱穷苦人们居住的区域,来到一座简陋茅舍。进了门,靠近一张床,那张床上躺着一个青春少年。死神一番观察少年的文静面孔,然后伸手触摸少年的眼睛,少年醒了过来。少年见死神站在自己的身边,急忙双膝下跪,伸出胳膊,用充满钟爱和思念的声音说:"死神啊,美丽的死神,我就在这里。你是我梦中的真实,你是我的希望所在,请接受我的灵魂吧!我心爱的死神,把我带走吧!你是仁慈的,不要把我丢在这里。你是神的使者,你是真理的右手,不要把我丢下。我曾多少次找你而见不到你,我曾多少次呼唤你而你没听到。你现在听到我的声音了,请不要拒绝我的愿望。亲爱的死神,拥抱我吧!"

这时,死神用柔软的手指捂住少年的双唇,摄取了他的灵魂,放在自己的双翼之下。

死神在空中盘旋,望着这个世界,对着风说:"只有来自永恒世界的人,才能回到永恒世界去。"

我的朋友

　　穷朋友啊,假若注定不幸的贫困启示你认识公平,让你晓知生命的本质,那么,你一定甘心接受上帝的安排。我要说,你想认识公平,而富人只顾自己的金库,哪管什么公平;我要说,你欲晓知生命的本质,而强者早把视线转向了功名。你就为生命而欢欣吧!因为你就是生命之书。你尽情欢悦吧!因为你是支持者们美德之源,同时你也是那些从你这里获取美德人的支持者。

　　悲伤的朋友啊,假若你知道你所面临的灾难正是照亮心房的力量,并且将心灵从被蔑视提高到被尊重的地位,那么,你一定甘心承受它,甘愿受它的威力教化;而且你一定会明白生命是一条多环锁链,环环相扣,痛苦则是屈从当前处境与向往明日欢乐之间的一个金环,正像清晨介于睡梦与苏醒之间。

　　朋友啊!穷困可以映出心灵的高尚,而富贵只能暴露灵魂的卑贱;痛苦能镇定情绪,而欢乐则能愈合创伤。因为人们挥霍无度,寻欢作乐,仍然有增无减。就像他们以圣书之名做圣书忌讳的坏事一样,在人道主义的名义下干人道主义所拒绝的勾当。

　　假若贫困消失、痛苦远离,那么,心灵就会变成一张空白纸,上面只留下表明自私自利、贪得无厌的数字及意为肮脏欲望的词语。因为我曾细心观察,发现了神性,那就是人的精神自我,金钱买不到,也不会生于花花公子的欢乐之中。我曾留意察看,我发现富人抛弃了

神性，一心积聚钱财，而公子哥儿也弃离了神性，一意追求享受。

穷朋友啊，你从田地中回到家里之后，与妻儿一起度过的时辰，那是未来人类家庭的象征，也是后代幸福的标志，而富翁在金库里度过的一生，则类似于坟墓中的虫蚁生活，那是可怕的象征。

悲伤的朋友呀，你所挥洒的泪水比佯装健忘者的笑容要美，较嘲讽者的大笑要甜。那泪水可以洗刷掉心上的憎恶污垢，挥泪者能够学到如何与伤心人的情感共通。那是拿撒勒人耶稣基督的眼泪。

穷苦人啊，你播下的，却被富有强者收获的力量，必将回到你的手里。因为按照自然法则，万物总会归根。悲伤人呀，你所面临的悲伤，必将按照天意化为欢乐。

后代人将从贫困中学到平等，从悲伤中学到爱情。

情话

在一座孤零零的房子里，坐着一个青春少年。他时而透过窗子望望镶嵌着繁星的夜空，时而看看手中一位姑娘的画像。画像上的线条和色彩都映在小伙子的脸上，这个世界的秘密以及永恒天园的玄妙都显示在他的面庞，那姑娘的画像在与他窃窃私语，使小伙子的双眼变成了耳朵，能够聆听游荡在房间里的灵魂低语，并把青年的一切化为无数颗爱情照亮、充满思念的心。

一个时辰过去，就像是一分钟的爱情甜梦，或者像是永恒世界里的一年。之后，青年把画像放在自己的面前，拿起笔和纸写到：

我的心上人：

超越自然的伟大真情，在人与人之间不是通过人的共同语言传递的，而是选定寂静无声作为心心相通之路。我觉得今夜的寂静就能带着比微风写在水面的书信还轻的情书，在你我两颗心灵之间传递，并且把你我两颗心里的话语向彼此吟诵。不过就像上帝意志那样，将心灵囚禁在肉体里，爱情有意让我变成了话语的俘虏……亲爱的，人们说："爱神能把崇拜者变成吞噬一切的烈火。"我发现离别时刻并未能将我们精神本身分开，正像第一次见面时，我觉得自己早就认识你，我看到你的第一眼并非真的是第一眼似的……亲爱的，将你我那两颗脱离天界的心合在一起的

时刻,那是极为罕见的时刻,使我坚信灵魂是永恒的。在这样的时刻,大自然方才揭掉了自己那被疑为不义的有限公正的假面具……

亲爱的,你还记得那座花园吗?当时我们站在那里,相互视着情人的面容。你可知道你的目光对我说,你对我的爱并非出自对我的同情?那目光教给我对自己和世人说:"源于正义的馈赠,要比出于恩赐的施舍伟大得多;迫于环境的爱情,就像沼泽的水一样浑浊。"

亲爱的,我希望我度过伟大、壮丽的一生,值得后人记起的一生,引起后人崇拜和羡慕的一生。这一生始自见到你的那一天,我深信它永恒垂青。因为我相信你完全能够通过非凡言行将上帝赋予我的力量化为现实,就像太阳催开田野上的百合,令芳馨四溢。如此,我的爱属于我,也属于后代。我善爱众生,这爱纯洁无私;我特别爱你,这爱高尚脱俗。

写到这里,青年站起身来,在房间里缓缓踱步。过了一会儿,他朝窗外望去,见月亮已经升起在天际,柔和的月光遍洒广宇,于是回到原位,继续写那封信:

亲爱的,原谅我,刚才我竟用了第二人称和你谈话。你是我美丽的另一半,那正是我们同时离开上帝之手时,我失去的那另一半。亲爱的,求你宽谅我。

风啊

　　你时而欢快地蹒跚掠过,时而叹息号丧。我们听得见你的声音,却看不到你的身影。我们能感觉到你,却不能见到你。你就像爱的大海,弥漫了我们的灵魂,却从不将其淹没;你嬉动着我们的心神,而我们的心神却不动声色。

　　你随着高山上升,贴着峡谷下降,又跟着平地和草原舒展开来。你上升时意志高强,下降时温和谦让,舒展时轻快敏捷。你就像一位仁慈厚道的君王,平易以近平民弱者,傲然以待大夫霸强。

　　秋天里,你在山谷里哀号,万木与你一道泣泪;冬天里,你雷霆大发,整个大自然与你一道暴怒;春天里,你体弱多病,田野却因你衰弱而苏醒;夏天里,你隐身于静静的面纱之后,我们以为你被太阳用箭射中,太阳又用自己的高温为你裹上殓衣。

　　不过,我来问:秋天里,你究竟在哭,还是在你剥光了万木的叶子之后,因万木害羞而笑?冬天里,你究竟在发怒,还是围绕着夜下盖着雪的坟墓舞蹈?春天里,你究竟是生了病,还是一位被久别远离熬得体弱不堪的多情少女,叹息着走来,以求将自己的气息喷到恋人——四季中的青年——脸上,欲将之从睡梦中唤醒?夏季里,你真的死去了,还是在果心里、葡萄园中、打谷场上小憩?

　　你从城市街巷里带来疾病的气息,从山冈带来了鲜花的芳馨。伟大的心灵正是如此行事:静静地承受着生活的痛苦,也在静静地接纳

生活的欢乐。

你对玫瑰耳语了奇异秘密,而玫瑰全知其中含义,故时而局促不安,时而绽出微微笑颜。上帝正是这样对待人类灵魂。

你在这里慢条斯理行走,而在那里又步履匆匆,换一处又奔跑飞驰;但是,你从不停息。人的思想亦如此,运动则生,静止则死。

你在湖面上写下诗句,随后又将之擦去。诗人也是这样,随写随擦,反反复复。

你自南方来,灼热得似爱情;你自北方来,寒冷得像死亡;你自东方来,像灵魂一样轻柔;你自西方来,似凶神一样疯狂。莫非你像岁月一样变化无常?难道你是八方的使者,将各方的叮嘱如实对我们传讲?

你怒气冲冲地从沙漠掠过,残酷地践踏驼队,然后将之埋葬在沙被之下。莫非你,你就是那种无形的流体,随黎明曙光起伏穿行在枝叶之间,像欢梦一样徜徉在谷地,那里的鲜花因迷恋你而频频摇曳,青草因陶醉于你的气息而蹁跹起舞?

你在海上怒气大作,搅乱了大海深处的平静,致使大海对你大发雷霆,张开汪洋大口,一举吞下无数船只和生灵。难道你,你就是那顽皮多情的男孩儿,将围着房舍跑着玩的女孩子们的辫子轻轻抚弄?

你要把我们的灵魂、叹息和心神带往哪里?你要把我们的笑颜送往何方?你将怎样对待我们心里迸发出的火花?你想把它带往晚霞之后、尘世之外,还是把它当作猎物拖往遥远的山谷和可怕的山洞,在那里将之左右抛撒,直至消失隐匿?

夜阑更深,心向你透露自己的秘密;黎明时分,眼睛让你拨开自己的眼皮。你可记得心的感受和眼睛看到的东西?

在你的羽翼下,存放着穷苦人的悲伤回音、孤儿的哭号和寡妇的哀叹;在你的衣褶里,储藏着异乡人的思念、遭抛弃者的悲叹和烟花女子心灵的哭喊。这些可怜小人物的寄存物,你可曾妥善保管?或许你像大地,我们只要把一种东西交给你,你便将之变成自己身体的一部分?

你可听到了这呐喊、哀号、嘈杂和哭声？或许你像富豪强人，穷苦人向他们伸手乞讨时，他们头都不回；人们对着他们高声呼喊，他们充耳不闻？

听者的生命啊，你听到了吗？

组歌

一支歌

　　我的心灵深处有支歌，不喜以语词为衣；那支歌居于我的心坎，不愿随墨水注入笔端；那支歌像透明的封皮，包着我的情感，不肯像口水涌上舌尖。

　　我怕以太细尘将之玷污，怎可将它吟唱？因它习惯于安居我心灵中，担忧它难耐人耳粗糙，我又能唱给谁听？

　　假如你看看我的眼睛，便会看到那支歌幻影的幻影；倘若你触摸我的手指，就能感到那支歌在抖动。

　　我的作品能显示那支歌，就像湖面能够倒影星斗之光；我的泪水能揭示那支歌，如同气温将露珠挥洒之时，露珠便将玫瑰花的秘密揭露。

　　寂静将那支歌张扬，喧嚣又将之掩盖；幻梦令其复出，苏醒又将之隐藏。

纪伯伦
散文精选

众人哪,那是一支爱之歌,哪位以撒①能唱?哪位大卫能歌?

它比茉莉花的气味芳香,哪个喉咙能将之抵抗?它比童贞女的秘密严实,哪根琴弦敢将之揭示?

谁能把大海咆哮与夜莺啼鸣结合在一起?谁能将暴风与孩子叹息合二为一?谁会唱神的歌曲?

浪之歌

我与海岸是一对情侣,爱情使我俩接近,风又把我俩分离。我来自蓝色晚霞之后,以便让我的银沫与它那金沙结合,用我的唾液把我的心冷却。

黎明时分,我对着情人的耳朵将爱朗诵,情人把我紧紧搂在怀中;夜幕降临,我把思念祷词对他唱吟,他便与我热烈亲吻。

我执拗、急躁;我的情侣却既有耐心,且又坚韧。

涨潮时,我拥抱情人;落潮时,我拜倒在情人脚下。

多少次,当美人鱼游出深水,坐在岩石山观赏繁星,我围着她们跳舞;多少次,我听情人与美女们诉说爱情之苦时,我与之一道叹息;多少次,岩石悔恨自己僵死不能动,我与它逗笑,而它从无笑意;多少次,我从海底窃得珍珠,将之赠送给天下美女!

夜阑更深,人们与困神拥抱进入梦乡,而我却不眠,时而歌唱,时而叹息。我多可怜!熬夜使我精疲力竭,容颜憔悴。但是,我是热恋者;爱情的真谛是长醒不睡。

这就是我的生活;我活着就要这样做。

---

① 以撒,《圣经》人物。亚伯拉罕的嫡子,撒拉所生。意为"欢乐"。撒拉一直到九十岁还未生育,因为上帝赐福,第二年,亚伯拉罕一百岁时,她生下了一个儿子。晚年得子,全家欢乐,故名之。上帝为了考验亚伯拉罕,要他将爱子以撒献为燔祭。亚伯拉罕捆了以撒摆好干柴,正要举刀杀儿子献祭时,上帝派天使拦住了他,让他用一只公羊代替儿子献为燔祭。

雨之歌

我是银线,上帝将我从高空抛下。大自然将我笑纳,并用我去装点千谷万壑。

我是美丽的珍珠,散落在阿施塔特女神的王冠上;晨光的女儿将我偷去,用我将田野镶嵌。

我哭,而山川在微笑;我谦恭下士,而花儿却高昂起头。云彩与田地本是一对情侣,我是二者之间的救急使者;我自天而降,医好那位的病疾,解除这位的干渴。

雷声和闪剑是我到来的先兆,七色彩虹宣布我的行程终结。世间生活亦如此:始于盛怒的物质脚下,终于平静的死神手上。

我从湖心升腾,在以太的翅膀上行走。当我看见美丽的园林时,便立即降下,亲吻白花芳唇,拥抱绿叶青枝。

寂静之时,我便用自己纤细柔软的手指敲击窗玻璃;那敲击声构成乐曲,敏感的心灵方能通晓领会。

空气的高温将我生下,我则解除空气的高温。正如女子,她从男子那里汲取力量,又用这力量去征服男子。

我是大海的叹息,我是天空的泪水,我是田野的微笑。爱情亦如此:它是情感大海的一声叹息,思想天空的一滴泪水,心灵田野的一丝微笑。

美之歌

我是爱情的向导,我是精神的醇酒,我是心灵的美食。我是一朵玫瑰花,日出东方,我开启心扉,少女将我摘下,又把我亲吻,然后把我挂在她的胸前。

我是幸福之家,我是欢乐源泉,我是宽舒起点。我是窈窕淑女粉唇上的轻柔微笑,小伙子看见我会忘怀疲劳,他的生活会变成美梦的舞台。

纪 伯 伦
散 文 精 选

我能启迪诗人的心灵，我能给画家引路，我能给音乐家当导师。

我是婴儿眼中的亮光，慈母见之，急忙跪拜、祈祷，把上帝赞扬。

我将夏娃的胴体展示在亚当面前，致使亚当对之顶礼膜拜；我在所罗门面前饰作他那意中人的苗条身段，致使所罗门变成了哲学家和诗人。

我向海伦①微微一笑，特洛伊②化为一片废墟；我为克娄巴特拉③戴上王冠，尼罗河谷充满温馨和睦。

我像世代，今天建设，明日毁坏；我是上帝，使万物生，亦令之死。

我比紫罗兰花的感叹轻柔；我比暴风强烈。

众人们，我就是真理。我是真理，这一点你们最该知晓。

幸福之歌

人是我的情郎，我是人的情伴。我思慕他，他迷恋我。可是，呜呼！我和他之间冒出了个第三者，和我一道爱上了他，使我面临不幸，也给他造成了痛苦和折磨。那暴虐的第三者名叫"物欲"：我们走到哪里，它跟我们到哪里；它像毒蛇一样，分开了情郎和我。

我去旷野寻情郎，在树下，到湖旁，不见他的身影；因为物欲引诱他，将他带往城市，去会狐朋狗友，搞腐化堕落，终于自投不幸之中。

我去知识学院、智慧殿堂，不见他的身影；因为那以尘土为衣的物欲把他带到自私自利的堡垒中去了。那是醉生梦死的居住之地。

我去知足之地寻情郎，不见他的身影；因为我的情敌把他禁锢在贪得无厌的洞穴里。

---

① 海伦，希腊传说中最美丽的女人，特洛伊战争的间接起因。

② 特洛伊，小亚细亚西北部的古城遗址。位于土耳其达达尼尔海峡主要港口查纳卡累以南40公里处，即今土耳其的希拉立克。此处山峦青翠，流水潺潺，一派典型的土耳其爱琴地区的乡村风光。

③ 克娄巴特拉（前69—前30），埃及托勒密王朝著名女王。

　　黎明时分，东方欲晓，我呼唤情郎，他听不到我的喊声；因为留恋过去的困意使他的眼皮感到沉重。夜深人静，百花入眠，我与他嬉戏，而他却不理睬我；因为向往未来的迷恋占据了他的心。情郎爱我，他在自己的作品中寻觅我；其实，他只能在上帝的作品里找到我。他想到用弱者的骷髅建造的金银荣誉宫殿去与我相会，而我只在情感溪畔那神灵建造的朴素茅舍里才与他见面。他想在暴君、杀人犯面前和我亲吻，而我只有在纯洁花丛间幽会时，才准许他吻我的双唇。他希望计谋为我俩做媒，而我只求纯洁、美好的工作当我们之间的媒婆。

　　我的情郎从我的情敌——物质——那里学会了呐喊和喧嚣，而我将教他让自己的眼里流出乞怜的泪水，发出要求充足东西的叹息。我的情郎属于我，我也属于他。

花之歌

　　我是大自然说出的话语；旋即大自然又将之收回，隐藏在自己的心里，然后又将其讲出。我是星斗，由蓝色帐篷落到绿地毯上。

　　我是冬天各种成分孕育的女儿；春天将她生下，夏天将她养大，秋天哄她入睡。

　　我是情侣俩的礼物；我是婚礼上的花环；我是生者送给死者的最后一件赠礼。

　　清晨，我与微风合作宣布光明的到来；夜晚，我与百鸟一同与光明告别。

　　我在平原上摇曳晃动，将平原装饰一新；我在风中呼吸，使空气里充满芳香。我睡下时，夜晚的无数只眼睛盯着我；我醒时，用白日的单只眼睛观察。

　　我喝着露酒，听着鸟唱歌，和着青草的掌声起舞。我经常向高空仰望，以便看到光明，不看自己的幻影。这就是人尚未学到的哲理。

结束语

我的心灵是我的好友:每当日月灾难沉重,总给我以安慰;生活艰辛之时,与我共分忧愁。谁不做自己心灵的朋友,便成为人们的敌人;谁不能自我安慰,便会绝望而死。因为生命源自人的内心,而非来自周围外界。

我来到人间,有话要说;我将要把它讲出。假若在我讲出它之前,死神就把我召去,那么,来日会将之讲出。来日是不会把隐藏的秘密留在没有穷尽的书中的。

我来到人间靠爱的荣耀和美的光明活着;看哪,我现在活着,人们无法使我远离生活。

如果人们挖去我的双眼,我会留心欣赏爱之歌和美之曲。如果人们塞住我的两耳,我会因为接触到融合着情侣气息和美的芳香的以太而感到快乐。

我来到人间,是为了大家,也依靠大家。我今天独自做的事情,未来会当众宣布;我现在单口说的话语,来日会用许多口舌道出。

暴风集

庙门上

　　为了谈论爱情，我用圣火净洁了自己的双唇。我想开口说话，却发觉自己是个哑巴。

　　在我懂得爱情之前，我就会唱歌；当我懂得爱情时，我口中的歌词却变成了微弱喘息，心中的歌声却化成了深沉静寂。

　　过去，你们曾经问我爱情妙在何处？我回答了你们的问话，你们个个感到心满意足。现在，我的眼上罩着爱情帷幕，我只有向你们打听爱情的特点，谁能回答我？谁又能猜透我的心思，将我的灵魂向我展示？

　　一柄火炬，燃烧在我的胸中，吞噬了我的活力，熔化了我的情思。谁能告诉我，这是什么火炬？

　　寂寞之时，一只粗大的手揪住了我的灵魂，将难忍的苦涩与可口的甘甜之酒，注入我的心。谁能告诉我，这是谁的巨手？

　　静夜里，数只翅膀在我的床边拍击。我沉下心来，留意探索这陌生事物，侧耳细听那新奇声音，低头沉思不明之理，深入思考不解疑难。我叹息，叹息中包含着痛苦与烦恼；对我来说痛苦、烦恼胜过欢歌、笑语。我向一种无形的力量屈服了；这力量使我一次次死去活来。直到东方破晓，我才入睡。醒时的人影，在我那疲惫的眼睑间上下抖动；梦中的幻象，在我的石头床上左右摇摆。

　　爱情究竟是什么？

纪伯伦
散文精选

　　一种无形东西，隐藏在岁月背后、视野之外，安居在人们心上，那究竟是什么？请你们告诉我。

　　一种绝对观念，产生自一切因与果。那到底是什么？请你们告诉我。

　　一股无名力量，将生与死化成比生更奇异、比死更深沉的梦，那到底是什么？请你们告诉我。

　　众人们，请你们告诉我，你们当中可有这样一种人：当爱神之手触摸他的灵魂时，他无动于衷，依旧沉睡？

　　你们之中可有这样的人：当心爱的少女呼唤他时，他能不离开父母与乡亲？

　　你们之间可有这种人：他不肯漂洋过海，横跨荒漠，翻山越岭，穿过峡谷，去会他的心上人？

　　假若心上人在极地，她的灵魂纯美，性情温柔，声音甜润，哪位小伙子不心向神往？

　　当上帝接受人的祈祷，而且有求必应时，谁不甘愿自焚化为香烟，奉献在祭坛之前？

　　昨天，我站在庙门前，向过往行人探问爱情的秘密。

　　一位身材瘦小的中年人，从我面前走过，他无精打采，叹息道："爱情是一种天赐，本是从原始人那里继承来的。"

　　一位体魄健壮、肌肉丰满的青年人，从我面前走过，他低声吟唱道："爱情是一种愿望。它与我们形影不离，将人们的过去、将来与我们的现在连结起来。"

　　一位神情凄怆的妇女，走过我的面前。她叹了口气，说："爱情是一种致命毒素，地狱里的黑蛇吞食了它，将它喷洒在天空，尔后附在露珠上而降下；干渴的灵魂喝了这种有毒露水，醉一时，醒一年，然后永远死去。"

　　一位面似桃花的少女，打我面前走过。她笑眯眯地说："爱情是多福河之水，晨光新娘将之注入强健的灵魂里，让灵魂升腾，凝聚在夜空繁星面前，沐浴在白昼阳光之中。"

　　一位身穿黑衣衫的长须男子，从我面前走过。他满面愁容地说：

撒下一粒种子，大地会给你一朵花。

向天空祝愿一个梦想，天空会给你一个情人。

"爱情是一种愚昧,随青春到来而来,伴青春逝去而去。"

一位面孔英俊、容光焕发的男子,从我面前走过。他兴高采烈地说:"爱情是一门高深学问,擦亮了我们的眼睛;神灵看到的,我们也看到了。"

一位盲人走过我的面前。他用手杖探路,边走边痛哭流涕地说:"爱情是一团浓雾,将心灵层层围住,遮掩了大自然的如画美景,使人只能看到自己的影子在岩石间晃动,听到的只是深谷传来的自己呐喊的回声。"

一位抱着六弦琴的小伙子,打我面前走过。他边走边哼着小调:"爱情是一束神奇的光,照亮了人的感官,使人看到世界是行进在绿色草原上的一支队伍,使人悟出人生是白日里的梦幻。"

一位驼背老人,拖着沉重的脚步,从我面前走过。他的双腿似乎有了毛病,颤颤巍巍地说:"爱情是坟墓里的僵死尸体,永恒世界中的静止灵魂。"

一个五岁孩子从我面前走过。他蹦蹦跳跳,拍着手,笑着叫道:"爱情就是我爸,爱情就是我妈。天下懂得爱情的,只有我爸和我妈。"

白日里,人们走过庙门前,个个都按自己的理解谈论爱情,人人都想揭开生命的秘密,无不畅谈自己的心愿。

夜来临,不见行人来往,但听庙里传出这样的话音:"生命是两个一半:一半僵死不动,一半炽热燃烧;爱情就是那盛燃的一半。"

我迈步走进庙门,双膝下跪,顶礼膜拜,虔诚祈祷,大声呼喊:"上帝啊,请把我化为火神之食,请将我变为圣火之餐。阿门。"

神女

神女啊,你想把我带到何方?

穿山越岭,道路崎岖,荆棘丛生,可使我们身登九天,心入深渊。我跟随着你,要走到何月何年?

我扯着你的衣角,宛如孩子跟着母亲。我跟在你的身后,忘却了自己的幻梦。我望着你那羞花容貌,对周围晃动的人影一概视而不见,只觉得你有一种无形力量,将我紧紧牵引。

神女啊,请稍停片刻,让我仔细看看你的容颜!我走累了。这路途多么艰险,我的心儿为之震颤。歇歇脚吧!我们已来到三岔路口,这是生与死的界限。我决不再前进一步,除非弄明白你的意愿。

神女啊,你听我说。

昨天,我还是一只自由的小鸟,展翅翻飞在湍湍溪流之上,鼓翼翱翔在广阔云天之间;暮色苍茫,我高栖枝头,极目眺望太阳神在傍晚建造又于落山前捣毁的彩霞城郭里的广厦与宫殿。

我像思想、意念,独自驰骋在地北天南,饱尝生活的美妙与欢乐,寻觅世间的奥秘与烦忧。

我又似梦幻,辗转奔波在夜幕之间,穿过窗子缝隙,来到熟睡少女的绣榻,戏逗她们那天真的情感。尔后坐在老年人的床边,洗耳恭听他们诉说真诚的心愿。

  神女啊,我今天遇到了你。我因吻过你的手而中毒,成了你的一名俘虏,拖着沉重的枷锁,来到一个陌生的地方。我成了一条醉汉,仍想喝那夺去我的理智的醇酒,还要亲吻抽打过我的面颊的手掌。

  神女啊,你停一停!我的体力已经恢复,我也已砸断了沉重的镣铐,摔碎了斟满酒的杯盏。你想让我做什么,要把我带到何方?

  我已经恢复了自由。难道你想让我变成一位自由伙伴:傻眼死盯着太阳,徒手抓火而不发颤?

  我再次打开我的心扉。难道你想陪伴一位消磨时光的青年——白日,似苍鹰盘旋、翱翔在大山之间;夜晚,如猛狮雄踞在沙漠莽原?

  你可满足于一个男子的爱慕——他把爱情看成朋友,拒绝将之当作圣贤?

  你可满足于一颗狂爱之心——它既不屈从,也不怕火炼?

  你可满足于一颗柔韧的心灵——它在风暴面前摇动,但不被折断;它伴随风而狂舞,但不会被连根拔起。

  你希望我成为一个既不奴役人,又不被人奴役的人吗?

  这是我的手,请用你那嫩白的手轻摇!这是我的躯体,请用你那柔软的双臂拥抱!这是我的嘴,请你深深一吻,时间要长,切莫做声。

梦景

夜幕降临，困神将自己的斗篷抛到地上，我便离开床，向大海走去，暗自心想：大海是不会睡觉的；大海醒着会给不眠的灵魂以安慰。

当我行至海边时，但见雾霭从山顶滑落而下，淹没了岸边，就像一层灰色的面纱罩在一位窈窕少女的脸上。我站在那里，凝神注视翻腾的海浪，侧耳聆听轰鸣的涛声，沉思隐藏在波涛后的永恒力量；它历来能够与暴风一起飞舞，与火山一道爆发，绽现出玫瑰花瓣似的笑容，与溪流同声歌唱吟咏。

片刻之后，我无意中回头一看，忽见三个人影坐在附近的一块岩石上，雾纱遮罩着他们，却又遮盖不住他们。我缓步向着他们走去；仿佛他们有一种吸引力似的，使我身不由己地走向他们。

当我离他们只有几步远时，停下脚步，定睛注目他们，仿佛那里有一种魔力，凝固了我的意志，却将我灵魂中的想象力唤醒。

那时，一个人影站起来，用仿佛源自大海深处的声音，说：

"没有爱的生活，就像无花无果之树；没有美的爱情，就像无香味之花和没种子之果……生活、爱和美——绝对独立的三位一体，不能改变，不可分离。"

说罢，那人影原地坐下。

之后，第二个人影站起来，用近似于洪水咆哮般的声音，说：

"没有叛逆的生活，就像没有春天的四季；没有真理的叛逆，就

像光秃干旱沙漠里的春天……生活、叛逆和真理——三位一体,不能改变,不可分离。"

接着,第三个人影站起来,用惊雷般的声音,说:

"没有自由的生活,就像没有灵魂的肉体;没有思想的自由,就像被扰乱的灵魂……生活、自由和灵魂——三位一体,永恒存在,永不消失。"

后来,三个人影一道站起,用巨大的声音,一齐说:

"爱情及其结晶,叛逆及其后果,自由及其产物——乃主创造的三种表象;主是有智世界的良知。"

当时,周围一片寂静,似乎寂静中夹带着无形翅膀的轻微拍击声及天体的抖动声。我闭上双眼,仔细聆听我听到的那些话的回音。当我睁开眼再次观看时,展现在我眼前的只有弥漫在雾中的大海。我走近三个人影坐的那块岩石,只看见一根蒸气柱扶摇直上,升入天空。

雄心壮志紫罗兰

在一座孤零零的花园里，有一株紫罗兰，花瓣艳丽，芳香四溢，幸福愉快地生活在同伴当中，得意洋洋地在群芳之间左右摇动。

一天早晨，紫罗兰戴着露珠桂冠，抬眼环顾四周，看到一朵玫瑰花，躯干苗条，翘首天空，恰似一柄火炬，插在宝石灯上。

紫罗兰咧着她那蓝色的嘴唇，叹息道："唉，在群芳当中，我最不走运；在百卉之中，我地位最低！大自然把我造就得如此低矮渺小，我只配伏在地上生存，不能像玫瑰那样，枝插蓝天，面朝太阳。"

玫瑰花听到邻居紫罗兰的哀叹声，笑着摇了摇头，然后说："百花群里，你最糊涂。你真是身在福中不知福啊！大自然赋予你芳香、文雅和美貌，这都是别的花草所没有的。你还是赶快打消你那些奇异念头和有害想法吧！满足于天赐予你的福气吧！你要知道：虚怀若谷者，地位无比高尚；贪得无厌者，永远贫困饥荒。"

紫罗兰答道：

"玫瑰花，你之所以这样安慰我，因为你已得到了我想得到的一切；你之所以用格言来掩饰我的低下地位，因为你伟大高尚。在倒霉者的心中，幸运儿的劝戒是何等苦涩；在弱者面前慷慨陈词的强者，何其冷若冰霜！"

大自然听到了玫瑰花与紫罗兰之间的对话，禁不住打了个寒战，继之提高嗓门，说：

"紫罗兰,我的女儿,你怎么啦?我了解你,你朴实无华,小巧玲珑,温文尔雅,莫非贪欲缠住了你的身,或者虚荣占据了你的心?"

紫罗兰乞怜道:

"力大恩泽的母亲,我谨向你倾诉我心中的恳求和希冀,万望您答应我的要求,让我变成一株玫瑰,哪怕只有一天。"

大自然说:

"你不知晓你的要求意味着什么。你不知道华美外观后所隐藏的巨大灾难。倘若你的身躯变高,外貌改变,成为一株玫瑰,恐怕到时后悔莫及。"

紫罗兰苦苦哀求:

"改改我的外貌吧!让我变成一株身材高大、昂首蓝天的玫瑰花……到那时,不管怎样,我的愿望总算实现了。"

大自然无奈地说:

"叛逆的傻瓜,我答应你的要求!倘若遇到灾祸,你只能抱怨自己呆傻。"

大自然伸出她那无形的魔手,轻轻触动紫罗兰的根部,一株高出群芳之首、色彩斑斓夺目的玫瑰花,顿时出现了。

那天傍晚,天色突变,乌云急聚,狂风骤起,撕破世间沉寂,电闪雷鸣,急风暴雨一齐向花园袭来。刹那之间,万木枝条尽折,百花躯干弯曲,枝长干高的花木被连根拔掉,幸免者只有伏在地面上、隐身石缝间的矮木小草。

与此同时,那座孤零零的花园也遭受到了其他花园所经历的浩劫和冲击,而且有过之而无不及。

风暴未息,乌云未消,已见园中花落满地。风停云散,只有隐藏在墙根下的紫罗兰安然无恙。

一位紫罗兰少女抬起头来,望着园中花木败落的惨状,得意地微笑了。她当即呼唤同伴:

"姐妹们,快来看哪!看看风暴是怎样对待那些盛气凌人的高大花木的吧!"

另一位紫罗兰姑娘说:

纪 伯 伦
散 文 精 选

"我们低矮,匍匐在地面上,但经过暴风骤雨,我们安然无恙。"

第三位紫罗兰姑娘说:

"我们的躯体虽然微小,但风雨没把我们压倒。"

就在这时,紫罗兰王后走了出来。她发现昨天还是紫罗兰的那株玫瑰就在自己身边,只见它已被暴风连根拔掉,叶子散落在地上,仿佛身中万箭,被风神抛到了湿漉漉的草丛之间。

紫罗兰王后挺起腰杆,舒展叶片,大声呼唤:

"女儿们,你们仔细看看!这棵紫罗兰为贪欲所怂恿,变成一株玫瑰,挺拔一时,不久被抛入万丈深渊,但愿这能成为你们的明鉴。"

那株玫瑰战栗着,用尽全身力气,上气不接下气地说:

"知足安分的傻姐妹们,听我对你们说:昨天,我像你们一样,端坐绿叶中间,满足于天赐之福。知足是一个难以逾越的障碍,将我与生活的风暴隔离开来,使我心地坦然,无忧无虑,无难无灾。我本来可以像你们一样,静静匍匐在地面,冬来以雪花裹身,没有弄明大自然的秘密,便与同伴一起步入死一般的沉寂。我本来可以避开那令人贪婪的事情,弃绝那些超越我自身天性的东西。可是,我在静夜里,听上天对人间说:'存在的目的,在于追求存在以外的东西。'于是,我背弃了我的灵魂,一心想得到我不应得到的东西。正是这种贪欲,使背弃心理变成一种巨大力量,使我的内心渴望变成了异想天开的幻想。于是,我要求大自然——大自然不过是我们内心梦想的外观——将我变成一株玫瑰花。大自然立即让我如愿以偿。大自然常用她的偏爱与渴望改变自己的形象。"

玫瑰花沉默片刻,又自鸣得意地说:

"我当了一个小时的皇后。我用玫瑰花的眼睛观看了宇宙,用玫瑰花的耳朵听到太苍窃窃私语,用玫瑰花的叶子感触了光明。诸位当中,谁能得到我这份光荣?"

尔后,玫瑰花的脖子弯下去了,用近似喘息的声音说:

"我就要死去了。我心中有一种特殊感触,这是我之前的紫罗兰不曾有过的。我就要死去了。我终于了解到自己生活天地之外的一些事情。这就是生活的目的。这就是隐藏在昼夜间发生的偶然事件背后

的真正实质。"

玫瑰花合上叶子,浑身一抖,便死去了。此时此刻,她的脸上绽现出神圣的微笑——愿望实现后的微笑——胜利的微笑——上帝的微笑。

言语与夸夸其谈者

我厌烦了言语和夸夸其谈的人!

我的精神对言语和夸夸其谈者也感到疲倦!

我的思想就丢在言语和夸夸其谈者中间!

清晨,我醒来时,看到言语坐在我床旁边的报纸、杂志上,用狡猾、恶毒、虚伪的目光盯着我的脸。

我下了床,靠窗边坐下,想喝杯咖啡,驱赶眼里的困意,言语随我而来,站在我面前,手舞足蹈,狂呼乱叫。我伸手去拿咖啡杯,言语的手紧紧跟随,接着和我一道喝起咖啡。我拿纸烟,言语也拿;我放下,言语也放下。

我去工作,言语紧追着我,在我耳旁叽叽喳喳,在我周围嘀嘀咕咕,在我脑海里噼噼啪啪地响作一团。我想把它赶走,它却格格大笑,尔后又复叽喳、嘀咕、噼啪。

我上街去,看到言语站在每一家店铺门前,贴在每一家墙壁之上。我看到言语挂在沉默者的脸上,随着他们或动或静,而他们却察觉不出。

假如我与友人坐在一起,那么言语便是第三个人。假若我遇到了敌人,那么言语就会膨胀、伸延,然后分身,变成一支浩浩荡荡的大军。其首在大地东方,其尾在西海之滨。当我离家远走的时候,言语的回声一直响在我的腹中,搅得我胃口欠佳,不思饮食。

我来到法院、学院和学校，发现言语及其父兄让欺骗穿上外衣，让诡计蒙上头巾，给词语穿上鞋子。

我来到工厂、机关、办公室，看到言语站在它的母亲、姑姑、祖母中间，摆动着两片粗厚嘴唇之间的舌头，而她们却朝着它笑，同时也朝着我微笑。

我来到寺院、庙宇访问，发现言语高居宝座，头戴做工精细、款式美观的王冠。

晚上，我回到自己的房间，发现日间听到的那些言语像蛇一样倒垂房顶，像蝎子在洞中生殖繁衍。

言语居于天空云外，言语遍布地上地下。

言语栖宿苍穹云霄之上、大海波涛之间，言语布满森林、洞穴和大山之巅。

言语无处不有。那么，喜欢安稳、寂静的人到哪里躲藏呢？

在这个世界上，谁能把我带入哑人的行列？上帝能怜悯我，赐予我以聋哑天资，让我在永恒寂静的天堂中幸福地生活吗？

难道世界上没有这么一个地方，在那里听不到咬牙嚼舌，无卖无买？

天哪！在地球上的居民当中，有不把自己尊为夸夸其谈者的人吗？在人类中，谁的口不为言语盗贼所忌妒呢？

假若夸夸其谈者只有一种，我们就甘愿忍耐了，然而种类繁杂，不计其数。

一种曰"自卑型"。白天生活在沼泽里，夜幕降临，便靠近岸边，将头露出水面，发出凄楚的叫声，令人耳嫌神烦。

一种曰"蚊虫型"。蚊子也是沼泽的产物，围着你的耳朵飞来旋去，高唱无聊的鬼歌，其经是烦恼，其纬是厌恶。

一种曰"拐磨型"。这是奇特的一伙，各自心中都有一盘用明矾和酒精转动的石磨，发出的声音如同地狱里的响声，其最轻者也比拐磨的声音重。

一种曰"黄牛型"。他们吃足干草，站在街头巷尾，声声鸣叫，其最悦耳者也比水牛叫声粗犷。

纪 伯 伦
散 文 精 选

一种曰"夜猫型"。他们的大部分时间消磨在生活的坟丘之间,将黑暗中的寂静化为啼哭,其最欢快者也比猫头鹰叫得凄惨。

一种曰"锯子型"。他们只能看到生活中的木料,整天分割生活,发出沙沙响声,其最甜润者也比锯子的响声虚弱。

一种曰"鼓皮型"。他们用大锤敲击自己的心灵,空口中发出噼噼啪啪的响声,其最柔和者也比鼓声粗重。

一种曰"悠闲型"。他们没有工作,没有活干,哪里有座位,坐下便聊谈,咕咕噜噜,说个不停,究竟在说什么,谁也不清楚。

一种曰"无聊型"。他们和人们捉迷藏,相互捉迷藏,和自己捉迷藏,并以幽默的名义求援;而幽默是严肃的,他们可不知道。

一种曰"织机型"。他们用风织布,但我们一直没有衣裤可穿。

还有一种,名曰"钟铃型"。他们只呼唤人们入庙,而他们却从不入内。

夸夸其谈者门类繁杂,不胜枚举,无法描述,其最奇异者属于冬眠类,整个宇宙都能听到他们的鼾声,而他们自己却不知道。

我已对言语及夸夸其谈者表示了嫌恶之意。我认为自己像一位有病的医生,或是一个罪犯,我伤害了言语,然而又是用言语来诋毁言语。我认为夸夸其谈者是不祥之人,而我也是其中的一名。上帝在送我至没有言语、没有夸夸其谈者的思想、感情、真理森林之前,会宽恕我的罪过吗!?

珍趣集

灵魂告诫我

我的灵魂告诫我,教我爱人们所厌恶的人,与人们所憎恨的人真诚交往。我的灵魂向我说明,爱神不把优点置于爱方,而将之置于被爱的一方。灵魂告诫我之前,爱情在我这里是一条纤细的线,系在两个相近的木桩之间;置于现在,则已变成一个光环,首端即末端,末端即首端,环绕着一切生灵,慢慢扩展,未来的一切都将落入它的环抱中间。

我的灵魂告诫我,教我观看被形式、色彩和外表遮盖着的美,让我凝神注视被人们当作丑恶的东西,直至向我指出美妙之点。灵魂告诫我,我认为美就是跳动的火焰;烟柱消逝,除了燃烧的东西,我再也看不见什么。

我的灵魂告诫我,教我静听非舌头、非喉咙发出的声音。灵魂告诫我之前,我听厌了那种响声,传入耳际的只有嘈杂、呐喊,不禁耳倦神疲;至于现在,我却害怕安静,喜听人们哼现代之歌,高声赞颂云天,公布幽冥秘密。

我的灵魂告诫我,教我喝不用挤出的、不用倒入杯中的、不用手举起的、不沾双唇的饮料。灵魂告诫我之前,我的干渴是灰烬堆里一

纪伯伦
散文精选

颗弱小的火星；那灰烬是用小溪之水或榨汁厂水槽里的水浇灭的。我的产物就是畅饮，我的孤独就是微醉。我喝不足，饮无尽。但是，在这永不熄灭的火中，蕴藏着永不消逝的欢乐。

我的灵魂告诫我，教我触摸尚未凝固、结晶的东西，让我明白感触到的东西是半合理的；我们抓到的正是我们希望的一部分。灵魂告诫我之前，如果我感到冷，便以热为满足；若感到热，则以冷为满足；若感到不冷不热，则满足于二者其一。至于现在，我那萎缩的触觉器官已经散落开来，变成了细细的云雾，穿过一切存在，以求与其中隐藏的东西化合在一起。

我的灵魂告诫我，教我吸收芳草不散发、火炉不播撒的东西。灵魂告诫我之前，假若我想闻香味，便去花园，或对香水瓶、香炉吸气。至于现在，我则去嗅不燃烧、不流动的东西。我让自己的胸中充满芬芳气味；那香气未曾经过世上任何乐园，也非天上惠风所带来。

我的灵魂告诫我，教我在无名氏和险情呼唤我时回答："我在这儿！"灵魂告诫我之前，只有听见熟人的喊声，我才站起来；只有熟路，或者自以为好走的路，我才走之。至于现在，我熟识的人变成了牲口，我骑之走向无名地；平原变成了阶梯地，我拾级攀爬，以便接近险情。

我的灵魂告诫我，教我不要用我的习惯说的"昨天……明天……"衡量时间。灵魂告诫我之前，我想像着过去一去不复返，未来无法到达。至于现在，我则已经懂得：一切时间都在眼前这瞬间之中，包含着岁月期望成就和实现的一切。

我的灵魂告诫我，教我不要用我的习惯用语"这儿、那儿，那里"划定地方。灵魂告诫我之前，我到地球的某个地方时，便以为自己已远离另一个地方。至于现在，我则已经明白：我所到之地，就是

所有地方；我所占空间，就是全部距离。

我的灵魂告诫我，教我在本区居民安睡时守夜打更；等他们醒来时，我才入睡。灵魂告诫我之前，我睡觉时看不见他们的梦，他们不留心也看不到我的梦。至于现在，我则不会遨游梦乡，除非他们监视着我；他们也不会在梦的天空翱翔，除非我为他们获得解放而欢呼。

我的灵魂告诫我，教我不要因听见颂扬而高兴，也不要因听到责备而忧伤。灵魂告诫我之前，我总是怀疑我的工作的价值及品位，致使时光派人前来褒奖或贬低之。至于现在，我则已经明白：树木春来开花，夏季结果，从不求赞颂；秋来落叶，冬令枝条光秃，却不惧贬词。

我的灵魂告诫我，教我认定自己不比贫民高贵，不比暴君低贱。灵魂告诫我之前，我认为人无非分为两种：其一是弱者，我同情之，或蔑视之；其二是强者，我跟随之，或背叛之。至于现在，我则已经明白：人类由群体构成，群体由一个一个的人构成，我是他们当中的一员；我的成分就是他们的成分；我的天良就是他们的天良；我的特征就是他们的特征；我的道路就是他们的道路。他们犯罪，我是罪犯；他们行善，我感自豪；他们站起来，我随之站起；他们退隐，我随之隐退。

我的灵魂告诫我，教我明白：我手里提的灯并不属于我；我唱的歌，并非成于我的脏腑。我即使借光明引路，我也不是光明；我，即使我成了上了弦的四弦琴，我也不是四弦琴。

我的灵魂告诫我，我的兄弟，教我明白了许多道理。我的兄弟，你的灵魂告诫我，你也懂了许多。你与我，彼此彼此，相近相似。我俩之间的差别，不过是我谈的都是自己的事，话里有股忍劲儿；而你，则深藏不露，守口如瓶，包含着一种形式的美德。

127

昨天·今天·明天

我对我的朋友说:"你看,她靠在他的手臂上;昨天,她还靠在我的手臂上呢。"

朋友说:"明天,她就靠在我的手臂上了。"

我说:"你看,她依偎在他的身旁;而昨天,她还依偎着我坐呢。"

朋友说:"明天,她将坐在我的身旁了。"

我说:"你看哪,她正喝他杯中的酒;而昨天,她还和我同杯共饮呢。"

朋友说:"明天,她就会同我共饮一杯酒了。"

我说:"你看,她含情脉脉地注视着他;昨天,她也是这样凝视着我。"

朋友说:"明天,她也将这样望着我。"

我说:"瞧呀,她正在他的耳边低吟情歌;昨天,她还在对着我的耳朵说悄悄话。"

朋友说:"她就要对我唱情歌了。"

我说:"瞧啊,她在拥抱他;昨天,她还在拥抱我。"

朋友说:"明天,她就要拥抱我了。"

我说:"一个多么奇怪的女人!"

朋友说:"她像生命,人人可以占有;她像死神,要征服所有的人;她像永恒世界,将接纳所有生灵。"

更大的海洋

昨天——昨天是多么遥远,又是多么近啊——我和我的灵魂到大海去洗澡。一到岸边,便寻找遮挡眼目之地。

我们正走着,见一男子坐在一块灰色岩石上,手拎一只口袋,正从里面一把一把地抓盐,将之撒入大海。

我的灵魂对我说:"这是位悲观者,在他眼里,生活只见阴影。让我们离开此处,因为我们不能在他面前洗澡。"

我们离开那里,来到岸边的一个小海湾,但见男子站在一块白岩石上,手里拿着一只镶嵌着珠宝的匣子,正从中取出糖块,抛向海里。

我的灵魂对我说:"这是个乐观者,他本无喜事,却自欢喜。他不应该看见我俩赤身裸体。"

我们继续前走,来到近处岸边,见一男子正拣起一条条死鱼。怜悯备至地放回大海。

我的灵魂对我说:"这是位心地慈善者,他试图让墓中之人起死回生,让我们远离他去。"

我们走过他,来到另一个地方,看见一男子正在水上勾勒自己的影子,波浪扑来抹去线条,他一次又一次勾描。

我的灵魂对我说:"这是位神秘主义者,正用幻想树立自己崇拜的偶像。让我们离开他吧!"

我们丢下他,来到一个小海湾,见一男子正用勺子舀水面上的泡

纪伯伦
散文精选

沫,将之倒入玛瑙杯里。

我的灵魂对我说:"这是位空想家,正用蛛丝编织自己穿的外衣。他不配看见我俩的赤身裸体。"

我们朝前走了几步,忽听有人说:"这就是海!这就是深海!这就是浩瀚的大海!"我们寻觅声源,却见一个人背朝大海坐着,耳朵上放着犄角似的贝壳,聚精会神地听它发出的回声。

我的灵魂对我说:"我们走吧!这是位昏庸老朽,懦弱无能,背朝自己无力把握的整体,一心倾注在自己所喜欢的局部。"

我们离开他,来到另一个地方,见乱石中夹着一个人,头却埋在沙里。我对我的灵魂说:"来,我们就在这里沐浴吧!因为这个人看不见我们。"

我的灵魂摇了摇头,说:"不,一千个不!你看到这个人是最坏的人。他是个恶劣的异教徒,故意不让自己面对生活的悲剧,而生活也不让他的心领略欢乐的喜剧。"

这时,我的灵魂面绽忧伤苦闷表情,用被悲哀打断的声音说:"我们走吧,让我们离开这海岸吧!因为这里没有一个隐蔽安全之地供我们洗澡更衣,我不愿意让这风戏动我的金发,也不愿让这里的空气看见我白嫩细腻的胸脯,更不乐意让这里的光暴露我圣洁的裸体。"

此时,我们离开了那里,去寻找更大的海洋。

寂寞与孤单

生活是寂寞与孤单大海中的小岛。

生活是小岛,其石是希望,其树是梦想,其花是沉寂,其泉是干渴。它坐落在寂寞与孤单大海之中。

兄弟,你的生活是远离所有岛屿和地域的一个孤岛,不管有多少船航向另一岸边,也不论有多少船队来到你的海岸,你总还是你,你是一个孤零零的小岛,只有自己的孤寂痛苦,只有自己的遥远欢乐,只有自己的无名思念,只有自己的秘密隐私。

兄弟,我看见你坐在金山上,为自己的富有得意忘形。你认为每捧金沙里都有一条无形的路,将你与人们的思想接通,把你与人们的爱好联结。你像一位伟大的征服大将军,统帅着常胜大军,攻占碉堡,夺取工事,无坚不摧,所向披靡。可是,我再看看你,却发现你的仓库墙后有一颗心在寂寞与孤独中跳动,在一只嵌着宝石的金笼子里跳动,干渴难耐,然而笼中无水。

兄弟,我见你坐在荣誉宝椅上,四周围满了人,个个口咏你的名字,人人赞颂你的功德,夸奖你的才智。目不转睛地望着你的英容,仿佛他们站在一位圣人面前,圣人正用自己的意志举起他们的灵魂,携带着众灵魂遨游在群星之间。你望着他们,你的脸上挂着欢悦的表情,显得那样强大无敌,仿佛你就是他们的灵魂。可是,我再次看你,却发现你那孤孤单单的自身站在你的宝椅旁,正为自己的寂寞而痛苦,

纪伯伦
散文精选

又因自己的孤独而哽咽，之后，我见你的自身将手伸向四面八方，似乎在向无形的幽灵祈求同情与怜悯。其后，我看到你的本身正凝视一个遥远的地方，一个什么也没有的地方，一个只有你的寂寞与孤单的地方。

兄弟，我见你恋上了一位漂亮女子，你便把自己心中的蜜糖倾倒在她那头发中分处，而她的双掌上也堆满了你的唇印。她望着你，她的双目中放射着充满柔情的光芒，她的唇边挂着慈母般的甜润笑意。我暗自说："爱情已经赶走了这个人的寂寞，消除了这个人的孤单。他又与完整的普通灵魂取得了联系。过去，爱情曾以独处与淡忘将他与完整的普通灵魂分开；如今，完整的普通灵魂又用爱情将他拉入了自己的怀抱。"可是，我再仔细瞧瞧你，却发现你那颗热恋的心，仍然是颗孤零零的心，很想把心底里的蜜糖倾倒在心爱的女子头上，然而却无能为力。我发觉你那溶化爱情灵魂的背后还有另外一颗灵魂，孤孤单单、形影相吊，宛如云雾，很想把女友手中的东西化为几滴泪水，但却不能如愿以偿。

喂，兄弟，你的生活是一座孤零零的房舍，远离所有的屋宇与区域。

你的精神生活是一座房舍，远离人们以你的名字称呼的表面现象之路。假若这房舍是黑暗的，你却无法用邻居的灯将之照亮；假若这房舍是空的，亦无法用邻居的财产将之装满；假若这房舍坐落在沙漠上，你也无法将之搬到他人培植的花园里；假若这房舍坐落在高山之巅，你更不能把它移入他人之脚踏过的谷地。

喂，兄弟，你的理性生活被寂寞与孤单包围。如果没有这寂寞与孤单，你也就不成为你，我也就不是我。如果没有这寂寞与孤单，我听到你的声音，我会以为自己在说话；我看到你的面孔，我会以为自己在照镜子。

无声的忧愁

众人啊,当你们回想起自己的青春初至时刻,你们是多么高兴啊!人人期望青春重返,个个惋惜青春早逝。至于我,每回想起青春,就像刚获得自由的奴隶回顾牢狱高墙、枷锁那样难过。

你将童年至青年这一阶段称为黄金时代。处在这黄金时代的人,看不到世间的一切麻烦和苦闷,就像蜜蜂掠过毒素污染的泥潭那样,凌空跨越过人间的一切艰难、忧愁,一直朝百花园疾飞而去。至于我,我只能把我的青春称为无声的忧愁时代。忧愁似风暴,在我心间疯狂飞旋,打开心扉,我的心才豁然开朗。

爱情解放了我的口舌,我开始说话了;爱情拨开了我的眼帘,我哭了起来;爱情松开了我的喉咙,我开始叹息、诉苦。

众人啊,你们想起了田野、花园、广场和街巷,你们曾在那里玩耍、嬉戏;我也想起了黎巴嫩北部那壮丽的复兴景象。只要我一闭上眼睛,那充满魅力、庄严肃穆的河谷,逶迤连绵、雄伟多姿的高山便展现在我的眼前;只要我一捂上耳朵,那小溪的潺潺流水和树叶沙沙声便响在我的耳边。我像哺乳的婴儿贪恋母亲的怀抱那样,思念着这昔日的如画美景。但是,也正是它折磨着我童年时期被禁锢的灵魂,使我似笼中之鸟,看到雄鹰在广阔天空自由翱翔,不胜难过……正是它使我愁绪满怀,用它那颤抖的无形手指,在我心房四周编织了一层幽暗、抑郁的纱幕……我到旷野去,往往忧伤而归,弄不清因为什么。

纪 伯 伦
散 文 精 选

傍晚，无心观看夕阳染就的彩霞，只感到精神沮丧，思想混乱。我听不到百鸟鸣啭或溪流歌唱，致使呆若木鸡，毫无生气。

人云：愚昧乃永恒之摇篮；永恒乃安乐之坟墓……也许这对于死而复生者是正确的，他们像静止的寒冷的躯体一样生活在大地上。但是，愚昧比深渊更可怕，比死亡更苦涩，因此，那种懂得很少、感触良多的敏感青年，就是太阳底下最可怜的人，他们的灵魂一直处在两种对立的力量中间：一种是内在力量，将其带上云端，让其站在梦幻烟雾之后观看世间万物；一种是外部力量，将之固定在地球上，用尘埃遮住其视线，将之抛入漆黑深渊。

忧愁之神生着丝绸般光滑柔软的手，神志敏锐，却使人感到孤独寂寞。寂寞是忧愁的盟友，同时也是各种精神活动的友伴。处在忧愁、寂寞之中的青年的灵魂，酷似刚出花托的白色百合花：在微风吹拂下，战栗抖动；花瓣开放；夜幕降下，慢慢合上。倘若青年没有同伴陪同，没有娱乐活动，那么，在他眼里，生活就像狭窄的监狱，在那里只能呆望蜘蛛结网，静听虫蚁爬行。

我少年时代的忧愁，并非因为没有娱乐活动，也不是因为缺少朋友，而是来自于我的天性。我素喜孤单，不爱玩耍，双肩之上没有生着少年翅膀。在万物面前，我酷似山间湖泊，以令人难过的平静，映出山峰、彩云、树木；它没有一个出水口，因而看不到有溪流从那里淌出，唱着歌，奔向大海。

十八岁之前，我的生活就是这样。那时候，正是我脚站在山巅的岁月，登高望远，我看到了川流不息的人流，看到了他们喜爱的天地，也看清了阻碍他们前进的清规戒律和习惯势力。

那一年，我获得了新生。一个人，倘若不是孕于忧愁，生于失望，并且又被钟爱投入梦幻之中的话，那么，他的生活就像大自然这本书里只字不见的白纸一页。

施舍

当你施舍时，你必定只拿出一小部分家财。既然只拿一星半点，那也就没有什么价值，因为那对你的家财来说，算不了什么，不过是你仓库中的一点腐烂物而已。你之所以进行贮备，目的在于应付明天之需。

明天！聪明的狗都会为明天打算；将骨头埋在沙土里，表面不留任何痕迹，尔后，随朝觐者奔往圣地。

难道为来日需要而操心就不是需要？难道干渴者的井溢满水时，干渴便不再是缺水？

有的人家财万贯，虽施舍无几，却也尽力沽名钓誉。贪图虚荣之心，使他们的施舍全然失色。有的人，虽所有无几，但诚心诚意，全部用于施与。

有的人迷信生活，由于生活宽厚慷慨，故他们的财宝箱总是满满的。有的人乐于施舍，他们把欢乐当作施舍的收获。有的人苦于施与，他们把施与的痛苦当作洗礼。

还有些施舍者，他们既不知施舍之苦，亦不贪求欢乐，竭力避免宣扬自己的恩德。他们酷似河谷里的芳草那样，甘心情愿献出自己的馨香。

这些人从了上帝的圣旨，从他们的眼神中，可以看到上帝在对着

纪伯伦
散文精选

大地微笑。

　　有的人向你求其所需，你慷慨予之，这当然好；人不求你，你便知其所需，主动送之，这就更好。施舍者张开双手，打开心扉，乐于接近饥馑者，这要比捐赠品本身更加高贵难得！

　　在你的财产中，有什么能在你死时带去的呢？你今天占有一切，总要在某日放弃。劝君施舍些为妙，让广济博施之美德成为你生命之要素，千万莫将遗产全留给继承人！

　　我常听你说："我乐于施舍，但只给予那些应该受施者！"

　　清醒的人啊，难道你忘了，你花园里的树木，正像你牧放的羊群，决不会发表这样的言论！

　　树木慷慨施舍，目的在于生长；一旦停止施济，生命便告灭亡。

　　我有权对你说，人既然有权博得生命施舍，安享白昼、黑夜，那么，也应该获取你捐赠的一切。

　　人既然有权开怀畅饮生命大洋之水，那么，自然有权汲取你的溪水，灌满茶杯……世上哪有比勇于接受包括恩德、仁慈在内的施舍的沙漠更大的旷野呢？

　　你，你是何人？致使人们敞开胸怀，揭去豪侠、自尊面具，置体面于不顾，去贪求你的施舍！

　　首先要看你配不配做慷慨捐施者吧！

　　生命本身来自生命，你能施与，这是你的光荣，你不过是你的施舍品之见证。

　　蒙受施舍的人，则不必佯装感恩戴德，免得给自己和施舍者的脖子套上枷锁。

　　理应让施舍品化为翅膀，施舍者与受益人一同插翅飞翔；倘使受益人自感欠下了债，那意味着怀疑行善者的慷慨。博大土地乃行善者之母，尊贵上帝是行善者之父。

友谊

你的朋友能满足你的需要。你的朋友是你的土地,你在那里怀着爱而播种,含着感谢而收获,从中得到食粮、柴草。因为你空腹投友,正为寻求温饱。倘若朋友向你畅谈思想,正确与否,请你务必坦率直讲。

假若你的朋友一声不吭,那么你要静听他的心声,因为在友谊里无需言辞,思想和愿望会自生自长,朋友们一道喜采成熟果实。别离朋友之时,也无需悲伤、忧愁,因为你无比敬重他,或许因为暂别,你对他的情感更胜一筹,犹如登山者看山,比在平原看更清晰高大。你们要全心全意增进友谊,不可怀有其他目的。别有寄托的友谊,不是真正的友谊,而是撒入生活海洋里的网,到头来空收无益。

请把最宝贵的东西献给朋友!假若你生活的退潮值得向朋友讲,那么也应该让他知道涨潮的情况;在这个世界上,只为消磨时间,那么,他还能算得你的朋友吗?

常到充满活力的朋友那里去,只有这样的朋友,才能满足你的需要,只有他才能驱散你心中的空虚与烦躁!让天使光临友谊的百花园!在露珠晶莹的晨曦里,人心振奋,春意盎然!

败兮胜所伏

　　我的失败，我的挫折！我的孤独，我的寂寞！对我来说，你比千百个胜利更珍贵；在我心中，你比万国的嘉誉都甘美。

　　我的失败，我的挫折！

　　我的自知，我的自卑！我从你那里得知，我还是个鲁莽的青年，凋零破旧的桂冠不能吸引我；我因你而感到孤独、寂寞，饱尝了逃亡、卑贱生活的折磨。

　　我的失败，我的挫折！

　　我的锋利宝剑，我的闪光盾牌！我从你的眼神里看到：人一旦登上皇帝宝座，也就变成了奴才；

　　人一旦了解自己的灵魂深处，生命之书便已合盖；

　　人达完美境地之日，便是葬身入土之时；

　　人像果实，一旦成熟，便要脱枝。

　　我的失败，我的挫折！你是我勇敢的友伴！只有你，才听到我的歌声、我的沉默、我的呐喊！只有你，才能对我谈起翅膀扇动、大海咆哮、火山爆发！

　　你，只有你才能攀登上我心中的巍峨山巅！

　　我的失败，我的挫折！你是我不灭的勇气！你与我一道笑迎风暴，你与我一道挖掘墓穴，你与我一道挺立在太阳光下，你与我一道担惊受怕。

先行者

你是你的灵魂的先行者

喂，朋友，你是你灵魂的先行者。你生平中所建造的高塔，不过是你的巨大自身的根基，而这个自身同时又将成为他身的基础。

我和你一样，我是我的灵魂的先行者。因为日出之时展现在我们面前的影子，将在中午时分收缩在我的脚下，红日再出东方，影子重现面前；中午时分再至，影子复缩脚下。

自打开始，我们就是我们的灵魂的先行者，我们将永远是我们的灵魂的先行者。我们平生中已经和正在积聚的，不过是些种子，我们准备将之播撒在尚未开垦的土地上。我们就是土地，我们就是农夫，我们就是果实，我们就是果农。

喂，朋友，当你是在雾中徘徊的一种思想时，我与你一样，也是一种思想，走投无路，去意彷徨，我寻觅你，你寻觅我；我们渴望的是幻梦；幻梦是无拘无束的时光，幻梦是无边无际的苍穹。

当你是生命的颤抖双唇间一个无声的词语时，我和你一样，也是一个词语，静默沉寂，一声不响；生命刚刚将我们吐出，我们便来到世上，我俩的心同为昨日的记忆而跳动，共同对明天的向往而欢腾；昨日不过是被驱逐的死神，明天才是希冀的诞辰。

看哪，我们现在上帝手中，你是上帝右手中发光的太阳，我是上帝左手里借光的地球；而你发光的力量并不比我借光的力量更强。

我们是太阳，我们是地球，但仅仅是更大太阳的发端，仅仅是更大地球的起头。我们将永远是发端和起头。

　　喂,从我们园门经过的异乡客啊,你是你灵魂的先行者。我和你一样,我是我的灵魂的先行者,虽则我坐在自己的树荫下,纹丝不动,默不做声。

世界上只有两个原素，美和真。
美在情人的心中，真在耕者的臂里。

狮子的女儿

四个奴隶站着给国王打扇。其时，老女王靠在御座上睡得正香，鼾声如雷。一只猫偎依在老女王怀中，用充满厌腻的目光望着奴隶，间或咪咪叫上两声。

第一个奴隶对伙伴说："这老太婆的睡相多么丑陋！你们说，她的双唇松垮，呼吸那样费劲，就像魔鬼要掐死她似的。"

猫咪道："她睡觉时的丑相，不过是你们这些奴隶醒着时丑相的一部分罢了。"

第二个奴隶说："真怪呀，睡眠并没有使她的脸变得舒展一些，而是皱纹更多，无疑她正在做噩梦呢！"

猫咪道："假若你们睡时能梦见你们的自由，那该多好哇！"

第三个奴隶对伙伴说："看来她梦见了无辜被她杀害的所有冤魂排成的队列。"

猫咪道："正是，她梦中看到你们祖辈和子孙组成的队列。"

第四个奴隶说："你们在女王睡时议论她，是多么愚蠢呀！这对你们或我又有什么益处呢？难道那能减轻我站着为她打扇的疲劳吗？"

猫咪道："是啊，你们将永远打扇，因为天上的情形与地上一模一样。"

这时，女王动了动睡姿，王冠落在地上，一奴隶说："这是凶兆！"

猫咪道:"一些人倒霉,恰是另一些人的福气。"

第二个奴隶说:"假若女王现在醒来,发现自己的王冠掉在地上,我们会有什么命运临头呢?天哪,她非把我们统统宰掉不可!"

猫咪道:"蠢货们,你们还不知道,自打你们一出世,她就把你们宰杀了。"

第三个奴隶说:"当然,无疑她会杀掉我们,因为她认为自己的这种行为是祭神。"

第四个奴隶不让伙伴们再说下去,而是轻手轻脚拣起王冠,稳稳当当给女王戴上,女王并未醒来。

猫咪高声说:"老实说,只有奴隶才会去拣落在地上的王冠。"

片刻之后,女王醒来,打着哈欠,向四下环视一周,然后对奴隶说:"我刚才做了个梦,梦见一只蝎子正围着巨大的橡树追赶四条毛毛虫。好一个噩梦!"

说完,女王合上双眼,又进入了梦乡,顷刻间如雷的鼾声回荡在大厅之中。四个奴隶继续照常为她打扇。

猫咪说:"打扇吧,瞎子,愚人们,打扇吧!你们扇出的是吞噬你们肉体的火焰!"

圣徒

我年轻时，来到小丘间一处僻静禅房，拜访一位圣徒。正当我们谈论着什么是美德时，发现小丘上有个贼，只见他疲惫不堪，走起路来一瘸一拐，边走边朝我们俯视。那盗贼来到禅房，双膝跪在圣徒面前，说：

"心地善良的圣徒，我寻求安慰来了。我的罪恶已淹没了我的头顶。"

圣徒回答道：

"亲爱的，我的罪恶也没了我的头顶。"

贼说："先生！我是个盗贼、土匪，您怎么和我一样？"

圣徒回答：

"亲爱的，你想错了，其实我和你一样，也是盗贼、土匪。"

贼说：

"您说什么？我的先生！我是个杀人犯，无数鬼魂在我耳边呐喊。"

圣徒说：

"亲爱的，我也是个杀人犯，无数阴魂在我耳边叫冤。"

贼说：

"先生，我干的坏事无数，罪恶滔天。而您是上帝的伟大的儿子，怎好与我等量齐观呢？"

纪伯伦
散文精选

圣徒回答说：

"如果你早知道我的罪恶，那么，你就不会再提你的罪过。"

贼立即站起身来，久久凝视着圣徒，两眼间充满惊愕神情。尔后，只字未吐，悄然离去。

至于我，则一直沉默到此时此刻。我望了望圣徒，问道：

"我的先生，你明明干净圣洁，何苦说自己恶贯满盈？难道你没发现这个人并不相信你的话，愤然而去了吗？"

圣徒回答道：

"是啊，亲爱的，你判断得完全正确，他并不相信我的言谈，但实际上，我应该对你说，他满心欣慰地离去了。"

那时，我们听到贼在远处唱歌，整个山谷回荡着他那充满快乐、慰藉的歌声。

批评者们

一日黄昏，一旅行者骑着马去海滨，途中来到一家旅店，下了马，把马拴在店门前的一棵树上。因为他像所有去海滨的旅行者一样，都对夜晚及人们感到放心。之后，他与众旅客走进旅店。

夜半，店中人都进入梦乡之时，来了一个贼，把马盗走，谁都不曾察觉。

翌日晨，旅行者醒来后，随即来到拴马处，马却不见了。经认真寻找，得知贼于昨夜将马偷走，不禁心中十分难过。然而使他更感难堪的是人们之中竟有人怂恿他去行盗。

旅伴们得知失马之后，纷纷来到他的身旁，开始严厉地责备起他来。

第一位说："你这个人真呆！为什么把马拴在马厩外面呢？"

第二位说："真奇怪，你拴马时，怎么不给马腿加上镣呢？！你这个人多笨呀！"

第三位对前两位说："骑马到海边旅行，压根儿就是愚蠢举动。"

第四位说："我则认为，只有行动缓慢的呆瓜才要马呢！"

事情已经发生，旅伴们个个能言善辩，又是劝诫，又是指教，令失马者大为惊异。失马者生气地说："朋友们，我的马被盗走了，你们的口才都来了，一个接一个地数说我的过错。然而，使我吃惊的是，尽管你们如此口齿伶俐，却没有一个人对盗马之贼加以半句评论！"

四诗人

四位诗人围坐在餐桌旁,桌上放着一杯醇酒。

第一位诗人说:

"我看到酒香腾空,宛如林中群鸟盘旋。"

第二位诗人抬起头来,说:

"我亲耳听到鸟儿鸣啭,歌声充满我的心间,林中蜜蜂、鸢隼蹁跹起舞。"

第三位诗人闭上眼睛,举起胳膊,说:

"我差点儿亲手捉住鸟儿,只觉鸟翅轻扇,恰似春睡海棠,呼吸甜润柔缓。"

第四位诗人站起来,双手捧杯,说:

"兄弟们,请原谅,兄弟我目光短浅,听觉迟钝,触觉麻木,既看不到鸟群,也觉不出鸟翅扇动,可惜呀!除了酒之外,我什么也感触不到。因此,我应当饮下这杯酒,以此唤醒我的迟钝感官,借诸位灵感之火,点燃我的精神之薪。"

话毕,他举起酒杯,一饮而尽。

三个伙伴惊愕、贪馋地望着他,眼里燃烧着扑不灭的干渴之火,闪烁着难以平息的怨恨之光。

我的信仰之鸟

　　一只鸟自我心之深处飞出,直上青天,越飞越高,越飞越大;初如燕子一般大小,继而似金翅雀,尔后像雄鹰,直至变得像春天的云朵,充满了镶嵌着星斗的苍天。

　　一只鸟自我心之深处飞出,直上青天,越飞体躯越大。

　　虽然如此,它仍居于我心之深处。

　　啊,我的信仰!啊,我那任性多能的真知!

　　我怎样才能和你飞得一样高,与你同观影印在天幕上的人的巨大自身?

　　我又如何将我心之深处的海变成浓密的雾,伴你一道翱翔在无边无际的苍穹?

　　处于神庙暗处的囚徒能够看到神庙那镀金的圆顶吗?

　　果仁能够渐渐伸延,最后像果实包裹自己那样将果实包起来吗?

　　是啊,我宽厚温和的信仰!是的。我身缚铁链,被关在狭窄的监牢阴暗处,这由骨肉制成的隔墙将你我分开,我现在无法与你一同飞向无垠的世界。

　　然而你自我心之深处飞上广阔天空,而你仍然居于我痛苦的心之深处,我对此感到心满意足。

全知与半解

  大河边上,有一根圆木,上面趴着四只青蛙。一个巨浪打来,圆木被冲到河心,遂顺水缓缓而下。河面宽阔,情趣无穷。青蛙欢快起舞,庆祝这前所未有的航行。

  片刻过后,第一只青蛙喊道:"好奇妙的圆木,同伴们,你们仔细瞧瞧,它像动物一样,能走会动。凭上帝起誓,我压根儿没听说过这种怪事情!"

  第二只青蛙答道:"朋友,这圆木不能走,也不会动的,并不像你想像的那样妙趣横生,而是奔向大海的河水带着这圆木,同时也带着我们漂游远行。"

  第三只青蛙说:"凭我的宗教起誓,不是这样的。二位朋友,你俩都想错了。圆木没有动;和圆木一样,河水也不动,而是我们的思想在动,是思想使我们以为我们静止的身体在动。"

  三只青蛙为究竟什么在动而争论起来。争论越来越激烈,嗓门也越来越高,终不能取得一致意见。

  它们一齐把目光转向一直在留心听它们争论的第四只青蛙的身上,问它有何看法。

  第四只青蛙说:"伙伴们,你们说得都对,谁也没说错。因为运动同时存在于圆木、河水和我们的思想之中。"

  这话并未使它们都感到高兴,因为每只青蛙都认为自己的见解正

确，而其余二伙伴的意见显然是错误的。

之后发生的事可就离奇了：三只青蛙相互之间化敌为友，同心协力将第四只青蛙从圆木上推入河中。

学者与诗人

蛇对金翅雀说:"喂,金翅雀,你飞得多好看哪!不过,假若你能在地下洞穴之中潜行,那该多好;那里,生命的浆汁在寂静中微微颤动!"

金翅雀答道:"一点儿不错!你不仅博学多才,简直是至聪至慧者。不过……假若你会飞翔,那该多好!"

蛇好像没听到什么,而是说:"金翅雀,你真可怜!你不能像我那样看到大地深处的秘密,不能漫游地下王国宝库,看看那里珍藏的财宝。我则和你不同,我昨天还栖身于一个红宝石洞中,那里酷似一颗成熟的石榴心,最弱的光线也能将它映成晶莹透明的玫瑰花。除了我,谁能看到这样的奇景呢?"

金翅雀说:"大学者,你判断得很对。除了你,谁也不能躺在往事记忆和古代遗迹所凝结成的床上安睡。但是,很遗憾,你不会唱歌!"

蛇说:"我知道有一种植物,根插大地之腹;谁吃了它的根,谁就会变得比阿施塔特还要美丽。"

金翅雀答:"除了你,谁也摘不下大地神奇思想的面具。不过,很可惜,你不会飞翔!"

蛇说:"我知道有一条紫色的小溪,流经一座大山脚下;谁喝了该溪之水,谁就会像神仙一样长生不老,不管飞禽走兽,都找不到这

条小溪!"

金翅雀说:"是啊!如果你乐意,你本可以像神仙一样长生不老。可是,很遗憾,你不会唱歌。"

蛇说:"我知道地下埋有一座神殿,尚未被研究家或考古家发现,我却每个月都去游览一次,那是古代巨人留下的一座建筑物,墙上刻着所有时空秘密;谁读懂了那些铭文,谁的智慧和知识就能与神仙媲美。"

金翅雀说:"亲爱的学者,你说得全对。如果你愿意,你能以你自己的柔软躯体围住历代知识。不过,很可惜,你不会飞翔!"

蛇终于厌腻了金翅雀的谈话,掉头向自己的洞穴爬去,口中念念有词:"上帝诅咒这个头脑空空的歌使!"

金翅雀拍翅飞去,高声唱道:"可惜呀,你不会唱歌!可怜呀,我的学者,你不会飞翔!"

价值

一个人掘地时,挖出一尊精美的大理石雕像,送到一个十分喜欢古董的人那里,让其观看。那个人便以很便宜的价钱把石雕买下,之后各自回家。

回家路上,卖者边想边自言自语道:"这些钱会带来多大的力量和生计呀!真怪,令我吃惊的是,一个头脑健全的人,怎么肯花这么多钱换取一块既听不见,又不会动,在地下埋了千年,谁都不曾梦想到的石头呢?"

与此同时,买者仔细端详着手中的石雕,自言自语道:"啊,真是精美至极!果然气韵生动!你究竟是哪位高尚灵魂的梦幻!正是我将它从地下沉睡千年的梦中唤醒,给了它青春生命!天哪,我简直不能理解,像这样的稀世珍宝,那个人怎么就要那么少的钱呢?!"

疯子

喂，我的朋友

喂，我的朋友，我并非你所看到的我。我的外表，只不过是一件用宽容、善良之线精织的外衣；我用它裹身，目的在于抵挡你的不期而访，免得让你觉察出我的粗心大意。至于被称为"隐藏的大自我"，那则是秘密，深居于我的灵魂寂静处，除了我概无人知，将永远作为秘密，永久隐藏在那里。

喂，我的朋友，请不要相信我的言谈话语，莫相信我的所作所为。因为我的谈话，不过是你的思想的回声；我的作为，不过是你的希望的幻影。

喂，我的朋友，你对我说："风吹向东方。"我会立刻回答："是的，风向东方吹。"因为我不想让你想到我那随海波游动的思想，不能和风飘飞。至于你呢，风已经撕破了你那陈旧思想的织物，无法再了解我那高飞在海上的深刻思想，你不知道我的思想底细更好，因为我想独自行于海上。

喂，我的朋友，你白日的太阳刚一升起，正是我的夜幕降临之时。虽然如此，我还要在夜幕之后向你谈谈正午舞动在山峦峰巅的金色阳光，谈谈它在舞蹈中所造就的注入河谷和田野的浓密阴影。我之所以跟你谈这些，因为你不能听到我幽暗的歌声，也看不到我的双翅在群星之间鼓动。啊，多好啊，你既听不到，又看不见那一切，因为我喜欢独自与黑夜交谈。

纪 伯 伦
散 文 精 选

喂，我的朋友，你升入你的天堂之时，正是我下我的地狱之日。虽然你我之间隔着一道不可逾越的鸿沟，你却仍然呼唤着我："喂，我的伙伴，我的朋友！"我回答你说："我的伙伴，我的朋友。"因为我不想让你看到我的地狱，那里炽燃的火焰能烧伤你的眼睛，那里的烟雾能堵塞你的鼻孔。至于我，则珍视自己的地狱，不希望像你这样的人光顾。因为我喜欢独自呆在我的地狱中。

喂，我的朋友，你说你酷爱真理、美德和纯美。我效仿着你说，人应该酷爱这样的德行。可是，我的内心里却暗暗嗤笑你的这种爱。我之所以不想让你看见我在笑，因为我喜欢独自笑在心里。

喂，我的朋友，你是位德高、机警、明智的男子汉。你简直是位完人。因此，我珍惜你的尊严，以理智和谨慎的态度同你说话。然而，我是个疯子，离开了你所居住的世界，来到了一个陌生而遥远的天地。我之所以不让你看出我的癫狂，因为我喜欢独自成为疯子。

喂，我的朋友，你并不是我的朋友！可是，又有什么办法能让你明白这些呢？我的路并非是你的路，但我们可以并肩前进。

稻草人

一次，我对稻草人说："你独自站在这田间，难道不感到厌倦吗？"

它回答我说："我有一种吓唬人的乐趣，其乐无穷。因此，我喜欢自己的工作，决无厌倦之感。"

我思考片刻后，对它说：

"你回答得对。我曾亲身体验过这种乐趣。"

它答道："喂，老兄，你只是空想而已，这种乐趣，只有像我这样用甘草填腹者，才能知其滋味。"

这时，我离它而去，不知道它会称赞我，还是会贬低我。

一年过去了，那个稻草人成了一位大有学问的哲学家。我第二次从它身边经过时，看到两只乌鸦正在它的帽子下搭窝。

两个修道士

在一座高山顶上，住着两个修道士，崇拜上帝，彼此相敬。

二修道士共有一只陶碗，别无其他财产。

一天，一个恶魔钻入年长修道士的心里。年长修道士便走到年轻修士面前，说："我们一起生活了很长时间，该分手了。因此，我想把我们的财产分一下。"

年轻修道士不禁惆怅起来，回答说："你我分手，令我伤心。不过，贤兄，如果你非走不可，那就随你的意吧！"

年轻修道士拿来陶碗，说："贤兄，这陶碗就是我们的仅有的财产；鉴于我们无法分它，我看你自己拿走就是了。"

年长修道士面浮怒气地回答道："我不求你施舍；不是我的东西，我也不要。因此，你应该把陶碗平分，各自拿自己的一份。"

年轻修道士谦让地说："一个碗分成两半，对你我还有何用呢？若你认为好，我们就抽签吧！"

年长修道士回答道："应该平分合理，我只要我的那份。贬低公平原则的抽瞎签，让我把公平原则和我应得的那一份交给偶然的运气，我不同意。我要求平分陶碗。"

年轻修道士见没有和他再讨论的余地，于是说："贤兄，既然这是你的真实愿望，那就照你说的办。那就请你把碗分成两半吧！"

年长修道士面色发黑,高声喊道:"呆钝的家伙,多么胆怯,连争吵的能力都没有!"

聪明的狗

一天,一只聪明的狗打一群猫旁边走过。当狗接近猫群时,见猫们个个全神贯注,根本没有注意它的到来。狗停下脚步,惊异地望着猫们。

当狗正注视着猫们时,只见一只体态硕大的猫站起来,面浮严肃表情,望了望同伴们,说道:"信士兄弟们,祈祷吧!我老实告诉你们,你们祈祷,反复热烈地祈祷,天就会答应你们的要求,立即给你们降下老鼠。"

聪明的狗听了这重要的训诫,心中暗笑它们,边重复着自己的话,边离开它们,说:"这群猫多么愚蠢!它们的眼多瞎!连书上写的东西都不知道!书上写着的,我和我的先辈不是都读过吗?他们告诉我说,老天对祈祷、哀求的应答不是降老鼠,而是降骨头!"

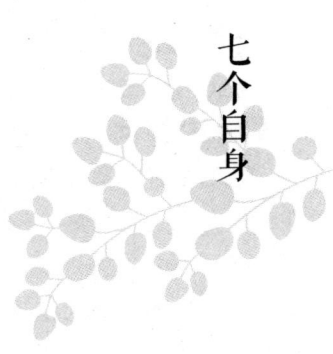

七个自身

夜深,寂静,困神封住了我的眼帘,我的七个自身坐而低声交谈。

第一个自身说:"我在这个疯子的躯体里栖身多日多年,除了白日更新他的痛苦、黑夜重复他的忧伤之外无所事事。我厌腻这种枯燥无味的职业,非造反不可了。"

第二个自身回答第一个自身说:"阿姐,你比我走运多啦!我被注定要与这疯子同欢共乐;他笑时,我得笑;他高兴时,我唱歌;他的思想兴奋,我就要以生着三个翅膀的脚为之起舞。倘若你造反,我该怎么办?"

第三个自身说:"哎呀呀,二位贤姐呀!论工作,我比你们二位更该造反。我是相思之病、欲念之火、狂爱之神的化身!我如此不幸,难道我不该造这个疯子的反!?"

第四个自身说:"同伴们,我比你们要不幸得多,规定我要激起这个疯子心中的憎恨之情,点燃其心中的憎恶、仇恨之火。我,就是生于地狱里暗洞中狂飙的化身,比你们更配造这种职业的反。"

第五个自身说:"姐妹们,我真羡慕你们那份好工作。命运规定我更新这个疯子那无止无休的梦,激发其永无平静的饥与渴,伴之徘徊于无边宇宙,压根儿尝不到休息滋味,永久探索未知与未造之物。我,我比你们都应该进行造反。"

第六个自身说:"姐妹们,你们多么幸福,而我又是何其不幸啊!

纪伯伦
散 文 精 选

我是卑贱低下劳碌的化身,以耐劳双手和不眠双眼,将白日绘成图像,赐种种低贱无形之物以永恒美的形式。我这么一个孤独寂寞的化身,难道不应该报仇、造反吗?!"

  第七个自身望了望诸姐妹,说:"别说啦!你们那份工作都那么好,却要造这个可怜人的反,何等离奇呀!倘若岁月能让我干上你们那份好工作,我该是多么幸福!我是失业化身,终日无所事事,呆坐在无止无休的沉默与黑暗之中;与此同时,你们的生活外观不断更新。凭你们的主起誓,你们评一评理,究竟哪一位姐妹更该造反?是我,还是你们?"

  第七个自身说完,其余六个自身均用同情、怜悯的目光望着她,谁也没有吱声。

  夜幕垂降,众自身各怀对自己那份工作的新的顺从、幸福的屈服,相继进入梦乡。

  然而第七个自身仍睁着眼睛,注视着万物后面的子虚乌有。

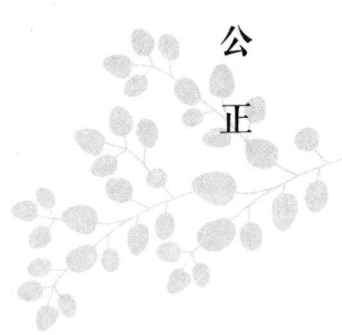

公正

一天晚上，王宫举行盛宴，宾客盈门，热闹非凡。一个男子随宾客进入宴会厅，向王子请安。他举止恭敬、庄严。众宾客无不以惊异的神色望着这位客人，因为他失去了一只眼，鲜血正从眼窝里向外溢淌。

王子问："阁下，你怎么啦？"

"王子殿下，"那人答道，"我是个贼，趁今夜漆黑，我到一个钱庄偷钱，就要进钱庄时，突然迷了路，误入隔壁织布作坊，于是拔腿就跑。天太黑了，我什么也看不见，不巧撞在织布机上，挂掉了这只眼。"

王子立刻差人抓来织布匠，并且下令剜掉织布匠的一只眼。

织布匠对王子说："王子殿下，您的判断完全公正，理当剜掉我一只眼。但我不瞒您说，我的职业需要两只眼，以便查看织物的两个边。不过，我有个街坊，他是修鞋匠，和我一样，也有两只眼，而他的职业只需要一只眼。您不妨把他喊来，剜掉他的一只眼，以此维护法律。"

王子立即派人叫来鞋匠，并且剜掉了他的一只眼。

就这样，正义伸张了。

聪明的国王

在一个遥远的城里，有一位暴虐、聪明的国王，人们慑服其威力，佩服其智慧。

那座城中有口井，其水清澈见底，甘甜可口，全城居民，包括国王及其侍从，都喝这口井的水。因城里再无别的水井。

一天夜里，人们正在熟睡，一女巫悄悄走到城中，向井中投了七滴异液，并且说："从今往后，谁喝这口井的水，谁就会变成疯子。"

翌日清晨，城里的居民喝了井水，果然如女巫所言，都变成了疯子。但是，国王和宰相没喝那井里的水。

消息传到城里，居民们从一个区走到另一个区，从一个胡同走到另一个胡同，纷纷交头接耳，窃窃私语，说："我们的国王及其宰相疯了。我们的国王及其宰相失去了理智。我们拒绝一个疯国王统治我们。我们这就去把他们赶下王位！"

那天晚上，国王听到发生的一切，随即命令把从先人那里继承来的一只金盒子里装满井水。众侍从立即动手，然后把水送到国王面前。国王端起金盒子，把水送入口中。国王喝足水，又把盒子递给宰相，宰相仿而效之。

居民们得此消息，禁不住皆大欢喜，因为他们的国王和宰相恢复了理智。

宏愿

三个人来到一家酒店坐下，其中一个是织工，一个是木匠，一个是掘墓人。

织工对二位同伴说："今天，我卖了一件上等亚麻寿衣，得到两个第纳尔。让我们畅饮一顿酒吧！"

木匠回答道："我嘛，售出了一口顶好棺木，那我们就用最好的肉下酒吧！"

掘墓人对他俩说："我今天只挖了一个坟坑，雇主却付给我双份工钱。我们再来点蜜吧！"

那天夜里，酒店里的人为他们忙个不停。因为他们一次又一次要酒、加肉、添蜜。他们高兴得手舞足蹈。

店主不时微笑着望望妻子，简直不敢相信自己所看到的这一切。因为他的这三位顾客花钱根本不算计。

他们在酒店吃喝到大半夜，饭饱酒足之后，方才唱着叫着离去。

店主及其妻子站在店门目送客人远去。

妻子对丈夫说："如果每天都有这样慷慨大方的顾客临门，那么，我们该多走运啊！到那时，我们就可以让我们的独生子免于在这个脏酒店里干活了，可以培养他，将来当名牧师。"

另一种语言

我出生后的第三天，躺在我那丝绒摇篮里，用异常亲切的目光，打量着我周围的新世界。

我的母亲问奶妈："今天，我的孩子好吗？"奶妈回答道："太太，孩子挺好的。我已喂过他三次奶，我还没有见过像他这样的乖孩子。"

听到这些话，我生气了，高声喊道："别相信，母亲，别相信那些话。我的床粗糙不堪，我吃的奶有苦味，乳房也臭气熏鼻。我多么不幸啊！"

母亲听不懂我的话，奶妈不知我说了些什么。因为我跟她俩说话用的是我来的那个世界的语言。

我出生的第二十一天，那是我接受洗礼的日子。牧师对我母亲说："太太，祝贺你。你的儿子生来就是个基督教徒。"

我惊异地对牧师说："如果事情像你说的那样，那么，你在天上的母亲会因你而感到悲伤，因为你生来并非基督教徒。"

牧师不明白我用自己的语言对他说的话。

七个月之后，来了个占卜师，仔细打量过我的脸，对我母亲说："你的这个儿子将成为卓越的领袖，人们将顺而从之。"

我用最大的声音喊叫道："那是虚假的预言。我了解自己，我深知我将学习音乐和声乐，我只当音乐家。"

使我至为惊异的是，虽然我已经到了那个年龄，谁也听不懂我

的话。

又过了三十三年,我的母亲及奶妈、牧师都已作古(上帝庇护他们的灵魂),而占卜师仍活在世上。昨天,我与占卜师相遇在庙门前,同他进行了交谈,告诉他我已走上音乐之路。他对我说:"我已相信你将成为大音乐家,你还是孩子时,我就向你母亲预言到了你的这种未来。"

我相信了他的话,因为我已忘记了我来的那个世界的语言。

石榴

一次，我生活在石榴心里。一天，我坐在自己的阁子里，听到一颗石榴籽说："我将来变成一棵参天大树，风用其枝条唱歌，太阳在其叶上跳舞。我将四季强壮健美。"

第二颗石榴籽回答道："喂，同伴，你多愚蠢啊！我像你这么年轻时，也做过你这样的梦。可是，当我能够用标准确定一切事物时，才知道我的希望皆系虚妄。"

第三颗石榴籽说："我则看不到我们中间有什么预示着像这样伟大未来的东西。"

第四颗石榴籽说："如果我们的生活没有更加光辉的未来，那么，它就是虚假的。"

这时，第五颗石榴籽站起来，说："我们连我们今天的现状都不了解，为我们的将来而争执，又有何益呢？"

第六颗石榴籽说："我们将永远停留在现状上。"

第七颗石榴籽说："我头脑里有将来的一幅清晰图像，但我无法用语言描绘。"

接着，第八、第九、第十以及许多颗石榴籽说了话，直到所有的石榴籽都发了言；只因声音杂乱，我什么也没听清。

就在那天，我离开了石榴，搬到了榲桲腹里，生活在静谧、沉静之中。

三只蚂蚁

一男子仰睡在阳光下,三只蚂蚁在他的鼻子上相会了,各自用本部落的礼节互相问好,然后站着交谈起来。

第一只蚂蚁说:"我们今天所在的丘陵和平原,是我在大地上的生活中踏过的最贫瘠的地方。我转了一天,想找一粒粮食,不论什么品种,却一无所获。"

第二只蚂蚁说:"我常听本族人谈到一个地方,他们称之为光秃地;说这块地会转能动,他们的话可真多!看来,我们今天是走在光秃地上了,因为我们走遍了它的角角落落,亲身领略了它的真实情况。"

第三只蚂蚁抬起头来,说:"二位朋友,我们现在站在一只巨蚁鼻子上;其威力无尽无边;其体之大令我们的眼睛难以看见;其影宽为我们的尺度不能丈量;其声高使我们的耳朵难以分辨。这就是那只永恒的巨蚁。"

第三只蚂蚁把话说完,其他二位伙伴相互交换了眼色,笑了起来。

这时,男子动了动睡姿,抬手挠了挠鼻子,三只蚂蚁在他的手指下顿时化为粉尘。

善神与恶神

一次，善神与恶神在山顶上相遇。

善神对恶神说："早安，兄弟！"

恶神一语未发。

善神又说："喂，同伴，看来你今日心境不佳。"

恶神回答道："是啊，我很倒霉！因为最近一个时期，人们分辨不清我和你，我常听他们用你的名字呼唤我，我并不比你和你的名字讨人厌烦。"

善神说："亲爱的，我每天也会遇到这种情况，许多人用你的名字呼唤我，把我当成你。"

恶神走去，心中炽燃着痛恨之火，咒骂人类的呆傻与愚昧。

夜神与疯子

疯子:"喂,夜神,我和你一样,黑乎乎,赤裸裸。我行走在火路上,下面铺垫的是我白日的梦幻;我的脚一触地面,那里便迸发出一棵巨大橡树。"

夜神:"不,疯子啊,你和我不一样。因为你不时地回过头去,看看你在沙地上留下的足迹。"

疯子:"夜神啊,我和你一样,静默而深沉。在我孤寂的心中,躺着一位正在分娩的女神;天堂与地狱借新生儿的天性实现彼此毗连。"

夜神:"不,疯子,你和我不一样。因为你仍在痛苦面前战栗;听到深渊的歌声,你害怕得魂不附体。"

疯子:"夜神啊,我和你一样,专制而暴虐。我的双耳里,充斥着被奴役民族的号丧和被遗弃土地的哀鸣。"

夜神:"不,疯子,你和我不一样。因为你仍然把你的'小自身'当作忠实的伙伴,而不能将你的'大自身'视为朋友。"

疯子:"夜神啊,我和你一样,苛刻而残暴。只有看到大海上起火的船只,我的心才感到快乐;只有吸到阵亡英雄的鲜血时,我的唇才感到有滋味。"

夜神:"不,疯子,我和你不一样。因为你思念着你灵魂的姊妹,听凭你的欲念左右,尚不能随心所欲。"

纪伯伦
散文精选

疯子："夜神啊，我和你一样，兴奋而快活，跟从我的男子长醉于初酿之酒，与我结交的女人正畅快犯罪。"

夜神："不，疯子啊，你和我不一样。因为你的灵魂裹着七层纱布，至今尚未将心托在手掌上。"

疯子："夜神啊，我和你一样，坚韧而抑郁。我心中有数以千计的坟墓，里面葬着殉情的伴侣，泪水为他们做防腐剂，凋零的亲吻当他们的殓衣。"

夜神："你和我一样吗？疯子，你真的和我一样？你能驾驭风暴当骏马？你能拿来闪电做利剑？"

疯子："夜神啊，我和你一样。我像你一样全能而强大；我在众神尸堆上建起我的御座；我让白昼打我面前低头而过，亲吻我的衣边，却不敢抬头望着我的容颜。"

夜神："我的黑暗心之子，你和我一样吗？你真的像我？你曾想到我那不受管束的思想，还是讲过我那博深雄辩的语言？"

疯子："不，夜神啊，我们是孪生兄弟。你能揭示无边空间的结构，我能展示我心灵的秘密。"

亲爱的，让我们一起到山丘中走一走！

冰雪已消融，生命已从沉睡中苏醒，正在山谷里和坡地上信步蹒跚。

快和我一道走吧！

让我们跟上春姑娘的脚步，走向遥远的田野。

面孔

　　我见过一张面孔，呈现出千种表情；也见过一张面孔，永远是一种表情，仿佛是用模子铸成。

　　我见过一张面孔，我能透过它那光彩夺目的表皮，看到里面隐藏着的丑陋污秽；也见过一张面孔，只有摘去它的面纱，才能看到它那被遮盖着的端庄俊美。

　　我见过一张皱纹密布的老年面孔。然而上面空空荡荡；也见过一张光亮舒展的青春面孔，上面却满满当当。

　　我善看种种面孔，因为我能够透过我的眼睛编织的视网，洞察脸皮后面的真相。

被钉在十字架上

我高声向人们呼喊:"我希望你们把我钉在十字架上!"他们说:"为什么你的血要在我们的头上?"我告诉他们:"若你们不把疯子钉在十字架上,你们怎么炫耀自己呢?"

他们接受了我的话语,把我钉在十字架上。这一钉平息了我灵魂中的风暴。我被高悬于天地之间,人们翘首仰望着我,一个个趾高气扬,因为他们的头从未抬过他的脚。

正当他们聚集在十字架周围,一个人高声问我:"喂,你这个人在赎什么罪?"

另一个人说:"凭你的主起誓,告诉我们,何因使你自我捐躯呢?"

第三个人问我:"喂,傻瓜,或许你认为用这等廉价能买到世间荣耀?"

第四个人说:"你们瞧呀,他还在悄悄笑呢,仿佛一点事都没有!人遭这样的痛苦,还能够笑吗?"

这时,我注视着他们,对他们说:"记住我的微笑吧,不要再记别的啦!我不赎任何罪,不想捐躯,不贪图荣耀,也没什么求宽恕的。但是,我口渴了,求你们让我饮自己的血;除了自己的血,还有什么能解疯子的干渴呢?正是!我原是哑巴,求你们让我用伤口说话。我本是你们日夜黑牢中的囚徒,我已找到了一条路,可以把我带往比你

们的白昼更光明、比你们的黑夜更幸福的日子中去。

"看哪,我现在就要走了,走向许多在我之前被钉在十字架上的人们去的那个地方。但是你们不要认为我们这些被钉在十字架上的人会把你们的十字架放在我们心上,因为我们命中注定要被比你们更强大、更凶暴的巨人钉在最低大地与最高苍天之间的十字架上。"

当我的忧愁诞生时

我的忧愁诞生了,我用关怀的乳汁哺育它,用爱怜的眼睛守护它。

我的忧愁像一切生命那样,长得健壮、漂亮,精神饱满,欢天喜地。

我爱我的忧愁,我的忧愁爱我。我们都爱周围的世界。我的忧愁心地慈悲而善良,故也将我的心变得善良而慈悲。

我和我的忧愁一起聊天,我们将梦幻作白昼的翅膀,把幻梦当做黑夜的腰带。因为我的忧愁口齿伶俐,能言善辩,故也将我变得能言善辩,口齿伶俐。

我和我的忧愁一起唱歌,我们的邻居都临窗而坐,争相聆听我们的歌声。因为我们的歌声像大海一样深,像记忆一样奇妙难言。

我和我的忧愁一起行走,人们用饱含爱慕与敬佩的目光眷恋凝视着我们,用最温馨、最甘美的语词谈论着我们。然而也有那么一部分人,用嫉妒的目光望着我们。因为我的忧愁纯洁、高尚,使我深深为之自豪。

我的忧愁像一切生命死去那样死去,只留下我独身一人,形影相吊,苦思冥想。

如今,每当我说话,我的耳朵便觉得我的声音无比沉重;每当我唱歌,再无邻里临窗聆听;每当我漫步街头,无人留神我的面容。然而我却有无限慰藉之感,因为我在梦中听到一种声音悲痛忧伤地说:

"你们看,你们看哪!这个躺着的人,他的忧愁已经死去。"

当我的欢乐诞生时

我的欢乐诞生了。我抱着我的欢乐,登上房顶,高声呼喊道:"邻居们,相识们,都来看,都来瞧,我的欢乐今天诞生了!都来看,都来瞧,我的欢乐在太阳下欢笑。"

我是多么惊讶!因为没有邻居来看我的欢乐。

一连七个月,我每天早晚都站在房顶上呼喊,向人们发布我的欢乐出世的消息,然而没有人听到我的喊声。我和我的欢乐形影相吊,无人留意,无人理睬。

过了一年,我的欢乐厌烦了自己的生活,面色憔悴,病入膏肓。因为除了我这颗心,再没有心为它跳动;除了我的双唇,再没有唇给它一吻。

我的欢乐终于在孤寂中死去。我只有想到我的忧愁时,才会想起我的欢乐;然而记忆也是一片秋叶,刚在金风中颤抖片刻,便裹上泥土殓衣长眠了。

完美世界

掌管失落魂魄的神灵啊，众神灵中的失魂之神啊，你听我说，守护着我们癫狂、迷惘灵魂的慈悲司命之神啊，你听我说：

我是个残缺之人，但却生活在完美人群之中。我，思想紊乱之人，秩序混沌星云，游移在完美世界之中；那里的人民有着完善的法律、严格的制度、有条不紊的思想和条理分明的梦境，就连他们的幻想也都登记造册。

神灵啊！这些人要用尺度量他们的美德，用秤称量他们的罪过。他们备有簿册，就连既非功、亦非过的无数鸡毛蒜皮琐事，也要入簿上册。

他们将日夜分成若干部分，不论做什么事，都必须在他们所严格规定的时辰。

吃饭、喝水、睡眠、穿衣、厌倦、烦闷……各有时间。

工作、嬉戏、唱歌、跳舞、休息……时到各得其宜。

以此思考，以彼感受；当幸福希望之星升起在遥远天际之时，放弃思考与感受。

唇含着微笑抢劫邻居，以企望得到赞谢的手送礼；用聪明智慧颂扬，谨小慎微地责备；以只言毁灭一颗灵魂，用一吻焚烧一个躯体；黄昏时分洗净双手，仿佛什么事情也没发生。

按照既有的传统爱慕；根据固有的模式消遣；恰如其分地崇拜神

灵；用巧计迷惑魔鬼；设法欺骗不信神者；然后忘记所发生的一切，仿佛记忆只是冒失鬼的一场梦。

为某种目的想像，用心思考观察，谨慎小心地享乐，有思想准备地受苦，然后倒净希望杯中之酒，以期岁月再次将杯斟满。

神灵啊，神灵！所有这一切，都是预先思考而孕育，先下决心而后产生；精心安排，有制度约束，受理智指引，然后自消自灭，葬入心灵的僻静角落，而其坟墓上也标有符号和数码，作为我们及所有长眠者的殷鉴。

是的，这是一个绝顶完美世界，一个充满奇迹的世界，而且是上帝天国中的透熟之果，上帝世界中的至美天地。可是，神灵啊，我为什么在这里？我是一颗未熟的绿果，尚未长足，为什么在这里呢？我是充耳不闻的旋风，即不向东吹，亦不向西刮，为什么在这里？我是从燃烧的形体中飞溅出来的一块迷失方向的陨石，为什么呆在这完美世界之中？

我为什么呆在这里呢？掌管失落魂魄的神灵啊，众神灵当中的失魂之神啊，我为什么呆在这完美世界之中啊？

流浪

流浪者

我在路口上遇见他。他除了身上的衣服和手杖,一无所有,面带沉痛神情。相互问好之后,我说:"请到我家做客吧!"

他接受了邀请……

我的妻儿在门口迎接我们,他对他们微笑,他们欢迎他的到来。

宾主一道围桌坐下,全家人为见到这么一位蒙着神秘色彩、心意寂静无声的稀客感高兴。

晚饭后,我们围火而坐,我开始问他的游历。

那夜及次日,他给我们讲了许多故事。但我现在向你讲的,只不过是他痛苦经历中的要点,虽然他讲的时候他是那样心平气和。这些故事是他路途风尘的痕迹,也是他承受艰难困苦的部分收获。

三天之后,客人离去之时,我们不觉客人已经离去,只是觉得他是我们当中的一员,仍在家外的花园里,还没有走进家门。

衣服

一天，美神与丑神相遇在海岸。各自问对方："你游泳吗？"

二神脱下衣服，下海搏风斗浪。仅过片刻，丑神回到岸边，穿起美神的衣服走了。

美神离水回到岸上时，发现自己的衣服不翼而飞，只好穿起丑神的衣服离去。

自那天起，男男女女在辨别美神与丑神时，每每认错。

然而有那么一些人，他们曾仔细端详过美神的容貌；尽管美神身着丑神的衣裳，依然能认出美神。还有一些人，能够认出丑神；虽然丑神穿着美神的衣裳，却瞒不过他们的眼睛。

兀鹰与云雀

兀鹰与云雀相遇在高山的一块岩石上。云雀说:"早晨好,先生!"兀鹰居高临下,望了望云雀,低声说:"你早!"

云雀说:"但愿你万事如意,先生!"

兀鹰答:"是啊,我们都万事如意。可是,难道你不晓得我是百鸟之王?我不跟你说话,你是不能对我说话的。"

云雀说:"我看我们是一家人。"

兀鹰蔑视地望着云雀,说:"谁告诉你,我和你是一家人?"

云雀:"关于这件事,我想提醒你一下:我能像你一样高飞,我还会唱歌,给大地上人们的心中送去欢乐;而你则不能为他们带来任何欢乐和享受。"

兀鹰生气了:"欢乐和享受!你这个装腔作势的小东西!我能一啄将你撕个稀巴烂。你不过才有我的爪子那么大。"

云雀一跃跳到兀鹰背上,开始啄它的羽毛。兀鹰烦恼难忍,展翅高飞摩天,想把云雀甩离脊背。然而未能如愿。最后,它还是落到了起飞的那块岩石上,云雀依旧踩在它的背上。兀鹰气急败坏,怨天尤人。

这时,一只小乌龟走近兀鹰,见其怪状,大笑不止,笑得仰面朝天。

兀鹰仰视小龟,说:"你这个行动迟缓、弯腰驼背、永远附着地面的小东西！你笑什么？"

小龟回答："因为我看你变成了一匹马，一只小鸟骑着你，小鸟都比你强。"

兀鹰说："去你的！这是家庭问题，是我与云雀姐妹之间的事，外人休插嘴！"

泪与笑

黄昏时分,鬣狗与鳄鱼相遇在尼罗河畔,双方停下脚步,互相道好问安。

鬣狗说:"先生,你的日子是怎样过的呀?"

鳄鱼回答道:"过的很糟糕啊!我有时因痛苦烦恼而伤心落泪,可周围的人们总是说:'这不过是鳄鱼的眼泪。'这使我悲伤到不能描述的地步。"

鬣狗说:"别只谈自己的痛苦烦恼事,可你也得想想我的处境呀,哪怕是暂短一刻呢!我看到世界上的壮观美景,心里就充满欢乐,就像白昼那样眉开眼笑。然而林中人却说:'这不过是鬣狗的欢笑。'"

修士和禽兽

葱绿的丘山上，住着一位修士。他灵魂纯洁，心地善良。各种飞禽走兽常成双结对地来看望他；他与它们谈天论地，它们高高兴兴，侧耳聆听；它们一心接近他，和他一直呆到日落，只有他为它们祈祷吉祥之后，方才打发它们走，目送它们飞上天空，步入丛林。

一天黄昏，修士正谈论爱情之时，一只豹子抬起头来，对修士说："先生既然给我们谈论爱情，那么，就请谈谈你的情侣，她现在哪里？"

修士说："我没有生活伴侣。"

这时众禽兽一声惊呼，彼此交头接耳道："他根本不懂什么情和爱，怎么能向我们谈论爱情呢？"众禽兽怀着蔑视的心情，相继悄然离去，只剩下修士孤身一人。

那天晚上，修士躺在席子上，两眼望着地，双手捶胸，痛哭不止。

先知和少年

一天,先知沙利亚在花园遇到一少年。少年看见他,急忙跑过来,说:"早安,先生!"先知还礼道:"先生,你早!"接着又说:"只有你一个人?"

少年高兴地笑着说:"我甩掉我的保姆好长时间了,她以为我在这篱笆外面。可是,你没看见我在这儿吗?"之后,他注视着先知的面孔,说:"你也是一个人。你是怎么应付你的保姆的呢?"

先知答道:"我们之间的情况不同。其实,我大半时间是甩不掉她的;可是现在,我来到了这座花园,而她还在篱笆墙外找我呢!"

少年拍手叫道:"那么,你和我一样,也是个走失的人啦!走失的人不挺好吗?"然后问:"你是何人?"

"人们都称呼我先知沙利亚。你呢?"先知说,"告诉我,你是何许人?"

少年说:"我就是我自己。我的保姆在找我,而她不晓得我在哪里。"

先知凝视着天空,说:"我也只能暂时逃离保姆一下。可她会在外面找到我的。"

少年说:"我知道我的保姆也将在外面找到我。"

这时,传来一个女人呼叫少年名字的喊声,少年说:"你看,我对你说她会找到我的。"

这时，外面也传来一种声音："沙利亚，你在哪里？"

先知说："孩子，你瞧，他们也发现我了。"

沙利亚接着仰面朝天，回答道："我在这里。"

肉体与灵魂

一男一女相互依偎在春光明媚的窗前。女子说:"我看你,仪表堂堂,家财万贯,你永远有那么大的吸引力。"

男子说:"我爱你。你是一种美妙思想,高远莫测;你是我梦中之歌!"

然而女子扭过脸去,愤怒地躲开他,说:"先生,我希望你从现在起离开我。我不是什么思想,也不是你梦中的什么东西。我是个女人,我希望你想着我。我是妻子,我是尚未出生的孩子的母亲。"

二人分手了……

男子自言自语:"又一个梦想破灭了,化成了云雾。"

女子独自苦思冥想:"男人为什么要把我化为云雾、梦想呢?"

和平与战争

一天，三只狗在太阳下负暄谈天。

第一只狗做梦似的说："真奇怪，我们今天像狗一样生活，想想我们当年在海底、地上，甚至天空中旅行的方便，再想想为狗提供享乐的那些发明创造，我们的耳、鼻和眼多有福气！"

第二只狗说："我最关心艺术。我们月下的吠叫声比我们的前辈更富有节奏感；看我们自己落在水中的影子，会发现我们的容貌比昨天更洁净，更清晰。"

第三只狗走上来，说："然而使我最留恋、最勾我心魂的，还是狗王国中的相互谅解！"

这时，三只狗环视四周，发现一个打狗者向它们走来，多么可怕！

三只狗一跃而起，胡乱向大街上蹿去。逃跑时，第三只狗喊道："求上帝保佑，你们逃命吧！文明正在后面追捕我们。"

两个守护神

一天夜里,两个天神相遇在城门,相互问候之后,开始交谈。

一个天神说:"这些日子里,你在干什么?分派给你的任务是什么?"

另一个天神答:"分派给我看守一个罪人,他生活在山谷里,犯了大罪,滑到了危险的边缘。请允许我向你肯定,这是一项重大任务,我将付出极大辛苦。"

第一位天神说:"那很简单,我很了解罪人,不止一次看守过他们。我最近被分派看守一名心地善良的圣徒,他生活在树枝搭成的凉棚下,远避人们,离群索居。我要肯定地对你说,这才是一项及其困难而细致的差事呢!"

第二个天神说:"这纯粹是欺诈!守护圣徒怎么会比看守罪人更难?"

第一个天神回答:"说我欺诈,岂有此理!我说的全是真话。我看你才是个诈骗犯!"

两位天神争吵起来,起初动口,最后终于拳脚相见。

双方正打得不可开交,天神王来了,停下脚步,问道:"为何争斗?什么事情使你俩打了起来?难道你们不知道守护神之间打架是不成体统的,尤其是在城门口?告诉我,你们俩之间的分歧何在?"

两位天神同时开口,都称自己的工作比同伴的困难,理应得到对

纪伯伦
散文精选

自己功德更好的认可。

天神王摇了摇头,认真思索起来……

最后说:"二位兄弟,我现在不能说你们俩之间谁应得到更大荣誉和更大报偿。我既然有权指挥你们,而且你们俩都坚持对方的工作比自己的轻松,那么,我给你们俩调换一下工作。为了太平无事,确保看守任务完成,并使各自满意,现在你们俩就各自承担原来委派给对方的任务去吧!"

两位天神即去执行天神王的命令。然而二天神边走边不时回头怒目望望天神王,暗自说:"这帮天神王!他们把我们这些守护神的生活弄得一天不如一天。"

天神王站在那里,自言自语道:"其实,我们应该小心谨慎,留神看守这些守护神。"

雕像

山上住着一个人,他有一尊雕像,系古代某位大师所作。他把雕像丢在门前的地上,压根儿不去看它一眼。

一天,一个城里人路经山上人家门。那城里人见多识广,一看见雕像,便对主人表示想买下来。

主人笑道:"这是一块没人要的脏石头,你还想给它找个买主?"

城里人说:"我给你一块银币买下它。"

山上人又惊又喜。

雕像被一头大象驮运到城里。几个月之后,山上人进城,正游逛大街时,见一店铺门口人山人海,其中一个人大声喊叫道:"都来瞧,都来看,这里有一尊世间完美的雕像,仅仅两个银币,便可一睹雕塑大师的传世杰作。"

这时,山上人付了两个银币,走进店铺观看……原来那就是他以一块银币卖出的那尊雕像!

疯子

那是在疯人医院的花园里发生的事：我碰见一位面色憔悴、容貌俊美、令人惊异的青年。

我在他身边的凳子上坐下来，问他："你为什么在这里呢？"

他吃惊地望着我，说："这么问不合适，但我还是回答你：我父亲要我变成他的复制品；我的叔父也想要我变成他那样的人；我母亲希望我成为她那位名扬四海的父亲那样；我姐姐则打算让我成为她的海员丈夫那样应该效仿的完美典型；而我的哥哥却说我应该成为他那样的出色的运动健将。

"还有，我的老师们，从哲学博士到音乐教师、逻辑大师，每个人都决心使我成为他们在镜中的影像那样。

"因此，我来到了这个地方。我发现这个地方能还健康给我，至少我能够成为我自己。"

之后，他突然把脸转向我，说："请告诉我，你也是被别人的劝告和教诲把你送到这里来的吗？"

我回答："不！我是来参观的。"

他说："那么，你是住在墙那边的疯人医院里的一个人了。"

青蛙

夏季的一天,一只青蛙对其伙伴说:"我真担心我们夜晚唱歌会搅得岸上那家人不得安宁。"

伙伴回答:"是啊!可是,难道你不觉得他们白天唠唠叨叨也扰乱了我们的宁静吗?"

青蛙说:"人所共知,我们在夜里唱得太多,而且过分多了!"

伙伴说:"他们白天里高声喧闹,而且过分嘈杂,这也是我们所共知的。"

青蛙说:"牛蛙的咆哮声弄得四邻不得安宁,我们有什么可说的呢?"

伙伴说:"是啊!那些来这岸边的政治家、牧师和学者喧闹不休,声音震天动地,既无音韵,亦无节奏,那你该说什么呢?"

青蛙说:"真的!我们总要比这些人好些吧!让我们夜间安静一些,把歌保留在我们的心中,虽然月亮企盼着我们的歌喉,星宿期待着我们的和声。我们至少该沉默一夜或两夜,甚至连续三夜吧!"

伙伴说:"很好!我同意。我们将看到我们的好心会带来什么结果。"

一夜过去,青蛙未鸣。第二夜、第三夜,也未听见青蛙的叫声。

更奇怪的事情发生了:第三天,住在湖岸边那家的多嘴多舌的女人下来吃早饭,高声对丈夫说:"一连两夜,我都没有尝到睡觉的滋味。我只有听着蛙鸣,才能进入梦乡。我三夜没有听见蛙鸣,准是发生了什么意外事。我因失眠,都快要发疯了啦!"

青蛙听到这话,把脸转向伙伴,使了眼色,说:"我们沉默得几乎要疯了,不是吗?"

伙伴回答道:"是啊!夜下沉默,对我们来说真是个沉重的负担。我现在已经明白,为了给那些用喧闹声填充空虚的人创造欢乐,我们没有必要中断我们的歌声。"

那天夜里,月亮终于盼到了青蛙的歌喉,星宿等来了青蛙的和声。

法律与立法

古时候，有位伟大国王。这位国王英明，想为臣民制定法律。

国王召来选自一千个部落的千位贤人，要他们制定出在幅员辽阔的王国通行的法律。

书写在羊皮纸上的千条法律被呈于国王面前，国王过目后痛哭流涕，因其不曾知道，王国之内，罪恶形式竟达千种。

之后，国王召来书记官，亲自口授法律，双唇含着微笑，最后法律成文仅仅七条。

千位贤人怒而离去，带着他们制定的千条法律回到部落中。每一个部落开始采用千位贤人制定的法律。

因此，直到今天，他们有千条法律。

那是个大国家，境内有千座监狱，这些监狱中充满触犯法律的男男女女。

那的确是个大国。然而国民都是千位立法者和一位英明的国王的后裔。

金腰带

一天,两个到有高柱的萨拉米斯城去的人相遇,于是结伴同行。中午时分,二人行至一条大河边,河上无桥,要么游过河,要么改走生路绕行。

一个人对另一个人说:"我们游过去吧!这河并不宽,不必去吃绕行生路之苦。"

说完,二人跳下水去。

时隔不久,其中一个人便失去了平衡,被水流冲向远方。不能把握自己的方向,而他是识水性、熟知水道的。与此同时,另一个人不曾下过水,却沿着直线游过了河,很快站在对岸上。他见同伴正与水流搏斗,便再次跳下水中,把同伴安全拖上岸来。

险些被水流送命的人问:"你说你是不会游泳的,怎么这样信心十足地游过了河呢?"

对方说:"朋友,难道你没看见我这条金腰带吗?这里面装满金币,是我一整年辛辛苦苦劳动所得,全是为妻儿挣的。正是这条金腰带的价值将我浮过河来,以便回到妻儿身边;我游泳时,妻儿都在我的肩头。"

接着,二人一起继续向萨拉米斯城走去。

出家的先知

过去有两位出家的先知，每月三次离开禅房进城，在集市上号召人们助人为乐，分担他人重担。先知口齿伶俐，能言善辩，颇能说服人，因此名声远扬，国人皆知。

一天，三个男子来到先知的禅房，先知热情接待他们。他们对先知说："你一直劝告人们施舍行善，互助协作，意在教育那些富有的人周济穷人。我们怀疑你的名声给你带来大批财富。如今，我们饥馑难忍，就请你给我们一些钱财吧！"

先知答道："朋友们，我仅有这张床、这床被子和这把壶；如果你们需要，就拿去吧！我既无银，又无金。"

三个人蔑视地望了望先知，走在后面的一个人，在门口站了片刻，说："噢，你在撒谎，你在行骗！你张口劝教别人，却从不以身作则！"

陈年佳酿

从前有个富翁，常炫耀自己的地窖中所藏的醇酒。窖中藏有一坛陈年佳酿，除了富翁，谁也不晓得他要保存到何时，更不知道他要派什么用场。

一位行政官来访，富翁对其来访表示感谢，心想："不能为一个造访的行政官开这坛陈年佳酿。"

本地主教来访，富翁心想："不能打开这坛陈年佳酿；因为主教不知其价值，更闻不出佳酿醇香。"

王子来访，富翁与之共进晚餐。富翁心想："这是帝王之酒，王子安配饮之！"

直到侄子完婚时，富翁还在想："不能！这些客人都不配喝这样的陈年佳酿。"

年复一年，许多年过去了，富翁暴卒，像一粒普通的种子或橡子被埋在土里。

下葬那天，窖藏之酒全被取出，其中包括那坛陈年佳酿，邻近农民开怀畅饮，谁也不曾留意那坛陈年老酒的年龄。

在饮者眼里，那坛陈年佳酿与其他酒一样，不过都是酒罢了。

两首长诗

许多世纪之前，两位诗人在雅典大街上相遇，彼此都为这邂逅而高兴。

第一位诗人问第二位诗人："你近来写了些什么？这些日子里，你的灵感如何？"

第二位诗人回答道："我刚完成一首长诗大作，堪称希腊有史以来最伟大的诗歌。它是至高宙斯神的独白！"

接着，他从大袍里掏出一卷羊皮纸，说："你瞧，就在这里，我随身带着呢！我很乐意给你朗诵一下。来，我们到那棵白杨树荫下坐坐吧！"

他开始朗诵自己的诗，那诗很长很长。

第一位诗人温和礼貌地说："这是一首长诗，必将流传百世，令后代称颂。"

第二位诗人从容不迫地问："你最近有何新作？"

第一位诗人答道："我写得很少，只有八行小诗，是为纪念原在花园里嬉戏的少年而作的。"接着，他朗诵了一遍。

第二位诗人说："不太好，也不太坏。"

二人各自走去。

两千年后的今天，第一位诗人的那八行诗，已浮于民口，众人们无不赞而咏诵。

而那首长诗,虽然传了下来,却始终藏在图书馆、学者书斋里;人们提到它,却没人喜欢,无人咏诵。

鼠与猫

一天傍晚，诗人遇见一位农夫。诗人冷漠，农夫腼腆；尽管如此，二人还是谈了起来。

农夫说："我最近听到了一个小故事，让我讲给你听。一只老鼠落入捕鼠器中，正当它津津有味地吃着里面放的奶酪时，一只猫站在了它的身边。老鼠起初周身战栗，但立刻知道自己在捕鼠器里是平安无事的。

"猫说：'朋友，你已吃过最后一餐。'

"老鼠回答道：'我只有一次生命，那么，也将只有一次死亡。可是，你呢？听说你有九次生命，难道不意味着你有九次死亡吗？'"

农夫说到这里，望着诗人，问："这不是个离奇的故事吗？"

诗人没有答话，而是走远之后，心想："一点不错，我们肯定有九次生命，活命九次；我们应该有九次死亡，死亡九次。也许呆在捕鼠器里，像老鼠一样生活，仅用一块奶酪当最后一餐，还是只有一生更好些。那样，我们不就与沙漠和丛林里的猛兽是亲属了吗？"

石榴

先前，一个人的果园里有许多石榴树。几乎每年秋天，他总把石榴放在银盘里，置于门外，盘上插着标牌，亲手写上："欢迎自取，分文不收。"

然而打银盘旁经过的人，谁都不拿石榴。

他经过一番思考，当下一个秋天来临，没把满盛石榴的银盘置于户外，只是插了一个标牌，上写："我有上等石榴，以高出其它石榴的价格出售。"

临近的男男女女，都来争相抢购。

如此聋妻

富翁有一位年轻的妻子,但却耳聋。

一日清晨,夫妻正吃早饭,妻子说:"我昨天逛了市场,那里货色齐全,琳琅满目;大马士革绸袍、印度头巾、波斯项链、也门手镯……应有尽有,看来都是商队刚刚运到城里来的。现在,你看看我,破衣烂衫,成何样子,我还是知名富翁的妻子呢!我要你给我买些漂亮的东西。"

正在呷吮咖啡的丈夫,立即回答:"我亲爱的!没什么不可以的,你去市场,买下自己想买的称心如意的东西就是了。"

聋妻说:"不,不,你就会说不!难道命中注定我身着破衣出现在男朋女友面前,让家人替我害羞,让人们讥笑你这个阔佬儿?"

丈夫说:"我没说'不'。你可以去市场买下全城最漂亮、最讲究的首饰和其他装饰品。"

妻子又误解了丈夫的话,回答道:"你是富人当中最吝啬的守财奴,你就是不想让我打扮得漂漂亮亮,而人家的贵妇人三三五五逛花园时,个个珠光宝气,人人艳妆浓抹。"

说着,她大哭起来,泪珠簌簌滚落在前胸,再次高声喊道:

"每当我要衣服、首饰时,你总是说:'不,不!'"

丈夫惊慌失措,站起来,从钱柜里拿出一把金币,放在妻子面前,柔声和气地说:"亲爱的,上街去吧,想买什么就买什么吧!"

纪伯伦
散文精选

打那天起，聋妻每当想要什么东西时，总是眼噙泪水站在丈夫面前；丈夫则不声不响地从钱柜里拿出金币，放在妻子眼前。

后来，这位年轻女人恋上了一个习惯于长途旅行的小伙子；每当小伙子远行，聋女人总是在枕边哭泣，每逢富翁看见妻子落泪，便暗自想："定是新商队来了，有珍奇首饰珠宝上市！"

这时，富翁便拿出一把金币，丢给妻子……

探寻

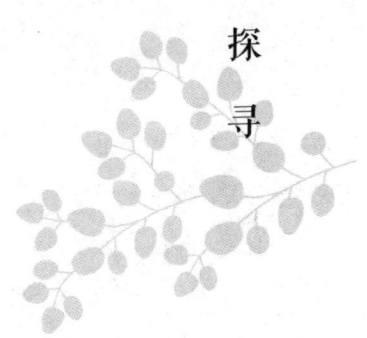

大约一千年以前,两位哲学家在黎巴嫩的一个山坡上相遇,其中一位哲学家问另一位:"你到哪儿去?"

另一位哲学家回答:"我来寻找青春泉,该泉像花一样在太阳下闪闪发光。你在找什么?"

第一位答:"我在探寻死亡的秘密。"

这时,两位哲学家都知道对方缺少许多学问,尽管知识丰富。他俩开始争论起来,都责斥对方神经紊乱。

两位哲学家正像狂风一样咆哮时,一个陌生人经过二者的身边,村上人认为此人天真、可怜,一无所知。听到那两个人大声争吵,陌生人站了一会儿,仔细聆听他们的争论。

之后,陌生人走近二位哲学家,说:"看来你们俩属于同一哲学派,谈的是一件事情,只不过用的是不同语词。一位寻找青春泉,一个探寻死亡的秘密,其实二者是统一的,同时存在于你俩体内。"

陌生人告辞,同时说:"二位贤哲,再见吧!"转过身去,只听他又发出平静的笑声。

二位哲学家相互默默地望了望,然后一起笑了。一位对另一位说:"好吧!我们现在一起探寻不好吗?!"

路

  一个女人和她的儿子住在山上。孩子是母亲的大儿子,也是她的独生子;母亲将心中和生命中的一切情感和怜悯都倾注在儿子身上。

  孩子死于突然高烧,当时医生就在孩子身边。

  悲痛撕裂了母亲的心!她哭叫不止,对医生说:"告诉我!告诉我!是什么中止了他的活动,是什么中止了他的歌声?"

  "是高烧。"医生说。

  "什么是高烧?"母亲问。

  医生回答:"我无法解释。那是一种极小的东西进入了人体,我们用肉眼看不到它。"

  医生离去,那位母亲还在重复着医生的话:"一种极小的东西,我们用肉眼看不见它。"

  当晚牧师前来安慰她,她在牧师面前哭着说:"我为什么失去了我的儿子,我的独生子,我的大儿子?"

  牧师回答:"孩子,这是上帝的旨意。"

  妇人说:"上帝是何人?上帝在哪里?我想见见他,当着他的面撕开我的胸膛,把我的血洒在他的双脚上。告诉我,我能找到他吗?"

  牧师说:"上帝至大,无边无际,用人类的肉眼无法看见他。"

  妇人高声喊道:"极小者秉至大者旨意,害死了我的儿子!我们呢?那么我们是什么?我们又是什么呀?"

这时妇人的母亲来了,拿着孩子的殓衣进了房间。牧师的话及女儿的呼喊,她都听见了。老妇人把殓衣扔在地上,拉住女儿的手,说:"孩子,我们既是极小者,又是至大者。我们是二者之间的路。"

和平感染

满缀鲜花的枝条对邻近一枝条说:"这是最无聊、最空虚的一天。"另一枝条回答:"真是空虚无聊极了。"

这时,一只麻雀飞来,落在一枝条上,随后又飞来一只麻雀,落在第一只麻雀旁边。

一只麻雀吟唱道:"我的老伴弃我而去……"

另一只麻雀高声说:"我的老伴也走了,而且不再回来,那有什么关系?"

两只麻雀开始对话,各自斥责对方,继之争吵起来,空中一片嘈杂。

突然另外两只麻雀自天上俯冲下来,从容地落在争吵的两只麻雀旁边。不久,天空中出现一片安静、和平气氛。

之后,四只麻雀成双成对飞去了。

满缀鲜花的枝条对另一枝条说:"麻雀的到来,掀起一片嘈杂。"

另一枝条说:"随你叫它什么,现在却是安静、和平的。假若天空的高层处于和平之中,那么,依我看,住在下层的人们也会生活在和平之中。你不想在风中摇晃的幅度更大一些,免得总离我那么远吗?"

"好啊!为了和平,我照你的意志办。春天很快就要过去了。"

满缀鲜花的枝条在风中用力摇摆,以便拥抱另一枝条……

古稀之年

年轻诗人对公主说:"我爱你。"

公主回答:"我也爱你,孩子。"

诗人说:"可是,我不是你的孩子,我是个男子汉,我真爱你。"

公主说:"我是母亲,儿女成群。我的儿女都当了父亲和母亲,他们也已儿女成群。我的孙子都比你的年龄大。"

年轻诗人说:"然而我爱你。"

时隔不久,公主死去。但是,当大地接受她的最后一息之时,她暗自说:"我亲爱的!我亲爱的孩子!我的年轻诗人!也许有朝一日,我们再次相见,但那时我不会是古稀之年。"

寻找上帝

一次,两个人漫步在山谷之中。其中一个人指着山上说:"你看见那座禅房了吗?那里住着一个人,弃绝世间红尘已久。地上的东西,他一概不要,一心想找到上帝。"

另一个人说:"他是找不到上帝的,除非他离开禅房,放弃孤独隐居,回到世间,与我们同乐共悲,在婚筵上与狂欢者一道起舞,在死者的灵柩旁随悲痛者一起挥泪。"

前者从内心里相信此话有理,但他回答说:"我同意你的说法。但我相信那位修道士是个好人。一个好人离群索居的善举,不是比这些表面善良者的作为更有益得多吗?"

大河

　　卡迪沙河谷的两条小溪相汇在大河奔流的地方，二者开始对话。

　　第一条小溪说："朋友，你是怎么来的？路上顺利吗？"

　　第二条小溪答道："我的路崎岖难行，障碍无数。水磨的轮子坏了，借运河引我的水灌溉庄稼的农夫死了。我不得不艰苦挣扎，携带着那些整日无所事事、在太阳下用他们的懒肉烤面包的人扔下的垃圾什物，缓慢地渗流。朋友，告诉我，你一路上情况如何？"

　　第一条小溪说："我的路途则不同：我从香花翠柳环抱的山丘顶上飞泻而下；男男女女用银杯畅饮，把我视做甘泉；孩童们见我而纷纷赤足涉入水中；在我的周围，尽是人们的欢声笑语，甜美的歌声直飞九霄，欢乐充满云天。你的路途不像我这样幸福，真是悲剧！"

　　这时大河高声说："来吧！来吧！我们将奔向大海。来吧！来吧！不要再说什么！现在和我一道走，我们奔向大海。来呀，来呀！跟着我走，你会忘掉迷途上的欢乐与忧愁。来吧，请进来，到了我们的大海母亲的怀抱，我和你都会把我们所走过的路统统忘掉。"

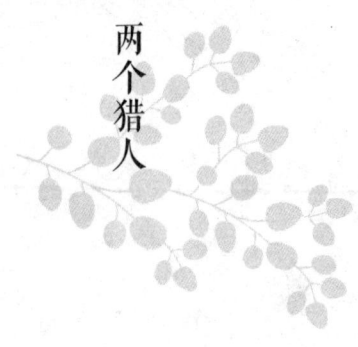

两个猎人

五月的一天,欢神与悲神相遇在一个湖畔。相互问好后,在平静的湖水边上坐下来,开始了交谈。

欢神谈及覆盖大地并使森林、高原充满生机的惊人之美,还谈到黎明和暮霭时分所听到的销魂之歌。

悲神说话了,表示完全同意欢神的看法。因为悲神深知时光的魅力及其内在美。当谈到五月里田间和高原的美景时,悲神口齿伶俐,言词娓娓动听。

两位神灵谈了许久,关于彼此见闻的看法完全一致。

这时,湖的对面出现两个猎人,隔水望着两位神灵。其中一个人说:"奇怪呀,这两人是谁呢?"另一个猎人说:"说什么,两人?我只看见一个。"

第一个猎人说:"那里是有两个人。"第二个猎人说:"我只能看清一个;湖水里还有一个倒影。"

第一个猎人说:"不,那里有两个人;湖水里的倒影也是两个。"

第二个猎人又说:"我只看见一个。"

"但我清清楚楚地看见是两个。"第一个猎人再次强调。

直到今天,仍然一个说另一个看花了眼,而另一个却说:"我的朋友的眼有些瞎。"

集外集

卷着的报纸

　　我心所爱的女子，昨天还坐在这个静悄悄、孤零零的房间里。她将她那美丽的头靠在这玫瑰色的柔软枕头上，把着这水晶杯，抿了一口掺着香精的醇酒。所有这些都是昨天的事，全是一去不复返的梦。至于今天，我心爱的女子已经走了，去了一片遥远、空旷、荒凉的大地，那里被称为空虚、遗忘之国。

　　我心所爱的女子的指印仍显示在玻璃镜上。她呼出的香气仍然洋溢在我的衣褶里。她那话音回声尚未从我家的角落里消逝。但是，我心所爱的女子，却已迁往遥远的地方，那里被称为遗弃、淡忘之谷。至于她的指印、口香和魂影，则将一直留在这个房间里，直到明天早晨；到那时，我会打开门窗，让风神进来，用其狂浪巨流卷走那位美女留给我的一切。

　　我心所爱的女子的画像，依旧挂在我的床头。她寄给我的情书，仍然放在镶嵌着玛瑙、宝石的银盒子里；那诱起我想念她的银盒子，一直用衬着麝香的绸布包着。所有这些都将留在原来的地方，直到早晨的太阳东升。晨光初照之时，我要打开窗子，让风神进来，将那些东西带往空无黑暗中去，带往无声寂静居住之地。青年们，我心所爱的女子就像你们心所爱的姑娘一样。那是一位罕见的女性，是神用鸽子的温柔、蛇的反复无常、孔雀的妩媚、野狼的凶狠、白天鹅的纯美和黑夜的恐怖，再加上一把灰和一勺海沫造就而成的一位奇妙女子。

纪 伯 伦
散 文 精 选

童年时代，我就认识了我心所爱的女子。我跟在她的身后，奔跑在田间；我抓着她的裙尾，走在街上。

少年时代，我就认识了我所心爱的女子。我曾在书籍里和经典著作中看到过她的面容和幻影，曾在水云中看到过她的身段线条，曾听到她的歌声与小溪淙淙流水声一起升腾。

成年时代，我就认识了我心所爱的女子。我曾与她对坐畅谈，向她请教教律方面的问题，向她倾诉我心中的痛苦，向她展示我心灵中的秘密。

所有这些事情，都发生在昨天；昨天是个梦，一去不复返。至于今天，那位女子则已经走了，去了一片遥远、空旷、荒凉的大地，那里被称为空虚、遗忘之国。

我心所爱的女子名叫生活。生活是一位窈窕淑女，令我们身心向往，使我们神魂颠倒，给予我们许多许诺。她若慢慢腾腾，会夭折我们的耐心；她若忠于诺言，会唤醒我们的厌恶感。

生活是一位女子，用情人的泪水洗浴，身上滴着被杀者的鲜血。生活是一位女子，身穿以白天当面、用黑夜衬里的衣衫。生活是一位女子，乐意将人心作为好友，拒绝选其作为丈夫。生活是一位女骗子，但她很美；谁能看出她的谬误，便会厌恶她的姿色。

美①

我是心情的向导。我是灵魂的佳酿。我是心灵的美食。

我是一朵玫瑰花:白日里张开我的心扉,让姑娘把我采去,亲吻我,将我置于她的胸前。

我是幸福之家。我是欢乐泉源。我是轻松起点。

我是靓女的柔润微笑,小伙子看见我将疲惫忘怀,生命变成展示甜滋梦想的舞台。

我是诗人的启示者。我是画家的引路人。我是音乐家的导师。

我是婴儿眼中的一瞥,慈母见之必顶礼膜拜,连声赞美上帝。

我把夏娃的胴体展示给亚当,使得亚当成了奴隶。我把身段展示给苏莱曼,使苏莱曼变成了哲理诗人。

我冲希拉娜微笑,她则充满诱惑之力。我给克娄巴特拉戴上王冠,温情立即弥漫尼罗河谷。

我就像时光,今天建设,明日毁坏。我令人活,又令人死。

我比紫罗兰花的叹息温和。我比暴风强烈。

众人们,我就是真理——我是真理;这一点不为你们所知。

---

① 在《泪与笑》中,有一篇题为《美》的散文,纪伯伦主张把美作为宗教。在《先知》中,有一节系穆斯塔法《论美》。(原注)

生命多么慷慨

生命多么慷慨，生命的赠礼多么华美！

大地何其大方，大地的手掌何其宽广！

可是，我是多么无力取拿、接纳！

面对生命的涌泉，我的水罐显得多么微小！

面对大地的宝库，我的提包显得何其狭窄！

但期我有一千只手，伸将过去，抓满，然后腾空，再次抓满，替代那只隐藏在衣褶里巍巍颤抖的手！

但期我有一千只手，在生命和大地面前伸展开来，替代这只抓着一把岸沙的害羞的手！

但期我有一千只杯子，日夜为我将之酌满甘露，将我痛饮，甘渴不解；我求日夜一再酌满，痛饮不止，依旧干渴不解！

但期我有一千只杯子，取代那只充满个人主义的饮料；正是那杯东西，我仅仅呷了一口，醉眠了整整一个月！

但期我的饥饿盖过一千名饥饿者，出席春夏秋冬四季设下的一千次宴会，贪婪地吞食种种美味，然而我仍然饥饿难忍！

但期我有一千副饥饿的五脏六腑，取代我这副刚刚出生就填饱了的脏腑！

但期我有一千只耳朵，倾听这醒着的夜莺和鸟为我唱的歌；但期我用被监牢寂静奴役千年的喧哗回应甜美乐声！

但期我有一千只耳朵,替代这只永远聆听海浪和风波轮流吟唱挽歌的耳朵!

但期我有一千只眼睛,观看存在展示给我的奇妙景物;但期我总是向往眼见不到的存在的秘密!

但期我有一千只眼睛,取代仅能看见闪烁在远处地平线上被狂风压倒的微弱亮光的一只眼睛!

但期我有一千个体躯,穿上一千个清晨和一千个夜晚赠予我的一千袭锦袍;但期我在那之后羞于赤身裸体站在夜色和清晨面前乞求!

但期我有一千个体躯,取代因恐惧而穿起用雾霭织成的外衣的那个躯体!

生命多么慷慨,大地何其大方!

可是,我是多么无力取拿、接纳!

面对着每日每时的馈赠,我是如此视而不见!

我是多么迷恋这个有限的小小自我!

它只是一个分子,却把自己看成无边无底的大世界!

这是一颗果核,只顾自己的硬壳,忽视了目的的完美!

这是颗柔嫩的幼苗,春天将之从沉睡中唤醒,夏天将之举起,放在自己的双肩上;但它却认为苏醒是自己的一种特质,高高在上是它的一种品性!

这是沐浴在光明中的一株甘蔗;但它认为自己落在地上的那个影子是它的一种标志!

难道我被有限的小事所吸引,因而忽略了大事?

难道我成了自私自利、自满自足两种黑暗的人质?

众人们,莫非你们当中没有那样的人:生命队列走过他的面前,他根本不抬眼看一看人们所取得的功业,而是仍然低着头用手指戏动石头做的念珠?

莫非你们当中没有那样的人:他喝了一口水,既忘了制造杯子的人,也忘了泉源和河流?

莫非你们当中没有那样的人:他吃了一口饭,便看不起做饭的厨师,更不把生产粮食的田园放在眼里?

225

纪 伯 伦
散 文 精 选

莫非你们当中没有那样的人：他穿了一件柔软光滑的外衣，便以为那是他的皮肤显现了奇迹，而全人类穿的不过是粗纤维？

莫非你们当中没有那样的人：他枕着一种柔软的床单，起初还感到舒适，顷刻间整个世界便开始在荆棘、芒刺上打起滚来了？

难道唯独我成了官司、自大两种监牢里的俘虏？

莫非你们当中没有那样的人：他点着一支蜡烛，便嘲笑起星星来？

莫非你们当中没有那样的人：他只说了一句戒斋的话，便免掉了永久的赞词？

莫非你们当中没有那样的人：他写了一段文字，便自以为那是一切规章制度的精华！

莫非你们当中没有那样的人：他仅仅叹了口气，就敢嘲讽风暴和火山？

莫非你们当中没有那样的人：他仅走了一步路，便以为到了木星？

莫非你们当中没有那样的人：他仅跳过了一条小溪，便以为自己正在银河上空盘旋？

难道唯独我生来就是否认、遗忘两种恍惚状态的奴隶？

众人们，莫非你们当中没有那样的人：当一个女子爱上他时，他却无视她的情感，而是对镜欣赏自己的美貌？

莫非你们当中没有那样的人：别人说了他一句好话，他便得意得像孔雀一样，惶恐、害羞的站姿完全消失？

莫非你们当中没有那样的人：人们把一种功绩归于他，他却以为自己是所有功绩的磁石？

不，并非我自己是自私自利、自满自足两种黑暗的人质；

不，并非我自己是官司、自大两种监牢的俘房；

不，并非我自己是否认、遗忘两种恍惚状态的奴隶！

并非我自己，我们的本质是一样的：我和你们的骨头里有同一种钙质；我们和你们的血管里流着同一种血液。

我那躲藏到山洞里的思想与你们那避开上帝天空的灵魂何其相似！

但是，生命是慷慨的；若非其慷慨，她不会把我们当作她的儿女！

但是，大地是大方的；若非其大方，她也不会让我们走在太阳面前！

存在的良心

当一种灾难降临到某一民族头上时,人们心灵中的坚强懦弱、积极与消极、慷慨与吝啬就清清楚楚显示出来。

一场史无前例的巨大灾难,已经降临到叙利亚人头上。如今,他们站立在灾难面前,每个人脸上的表情足以显示其内心里的目的、倾向与愿望。

假若我们当中没有人能够看出写在那些面孔上的东西,那么,他应该知道这些可见物的后面有一只眼睛,任何一个字母也躲不过它,它也不会忽视任何一个字母。

我相信上帝。凭上帝起誓,我的信仰有良心。每一种绝对东西把来自大自然、各民族和众人的一种泡沫保存在上帝那里。

假若我们当中有人因巨大灾难而使他变得更伟大,那么,他就该知道绝对存在的良心已把用无形桂树叶做的王冠戴在了他的头上。

假若我们当中有人因巨大灾难使他忘掉了自己,并以无限的他人主义代替了他的个人主义,那么,他就该知道存在的良心已在他的心四周画了个永久光环。

假若我们当中有人因巨大灾难而使他将自己用额头汗水换来的东西给予泪眼模糊的人,那么,他就该知道存在的良心在向他溢汗的额头和送礼的手祝福。

假若我们当中有人在死亡阴影的深谷里为他人打发日夜,那么,

纪 伯 伦
散 文 精 选

他就该知道存在良心将日夜带着他走在生命宝座面前的光明大道上。

假若我们当中有人因巨大灾难将心中的情感和灵魂里的感触倾倒在贫穷、困难铁蹄踩踏的胸膛上，那么，他就该知道存在的良心已用夜里的微风和清晨的露珠为他的胸膛织就了一件衬衫。

但是，倘使我们当中有这样的人：国家的灾难没有能够唤醒他的灵魂中沉睡的东西，民族的痛苦没能激起他心中的沉默因素，那么，他就应该知道他将在沉睡、沉默中度过终生。倘若他今天感到某种安全和放心，那么，他终有一天会后悔自己在虚构的安全和表面的放心之间失去的机会。

我曾细心研究、观察过，而且发现了一条客观规律，它使强与弱、富与贫、聪明与愚蠢之间的差别全然消失，使他们全部惊惧不安地面对着生与死。

假若我们当中有人想这样远避灾难和灾民，那么，他就应该知道这种暗在的公正——它是存在良心的一种，相当于手掌之于手腕——那将在灾难过后使他站在一边，取而代之的将是安拉的同情；他会变成自己民族的陌生人、异乡人、生活中的一切权利与义务的陌生人。

你们有你们的思想,我有我的思想

你们有你们的思想,我有我的思想。

我们都是穷人,除了生命别无余财。我们都是乞求者,除了生命别无可献。

你们有你们的思想;你们的思想本是一株大树,根插传统土地,枝靠惯性生长。我有我的思想;我的思想原是一片乌云,飘移在天空,之后化作雨滴降下,汇成小溪流入大海,然后又化作雾升上云天。

你们有你们的思想;你们的思想本是一座坚固高塔,大风吹不动,狂飙摧不垮。我有我的思想;我的思想原是柔韧青草,随风四下摇摆,以摇摆寻欢取乐。

你们有你们的思想;你们的思想本是一种旧学说,不会发生变化。我有我的思想;我的思想原是一种新创造,我每天早晚都在筛它,它也筛我。

你们有你们的思想,我有我的思想。

你们想让你们的强者打倒你们的弱者,让你们的足智多谋计算你们的天真无邪者。我则想用我的犁杖耕地,用我的镰刀收割,用石头和泥土建房,用毛或麻织衣。

你们想让体面与财富联姻,而我却想依靠自己。

你们想奋力追求声誉、美名,而我却想把声誉和美名当作两粒沙

纪 伯 伦
散 文 精 选

子抛在永恒海岸边。

你们想的是高楼大厦，家具用镶金嵌银的檀香木制作，华丽丝毯罩壁铺地，而我却只要洁净的灵魂和肌体，即使连一个头靠的地方也没有。

你们想做有头衔的职员，而我却只想做有用的公仆。

你们有你们的思想，我有我的思想。

你们有你们思想的社会、宗教海洋及其艺术、政治要求，我想的只是显而易见的朴素道理。

你们的思想说："女人美而丑，娴淑而放荡，聪明而愚笨。"而我的思想却说："每个女人是每个男人的母亲；每个女人都是每个男人的姊妹；每个女人都是每个男人的女儿。"

你们的思想说："盗贼，罪犯，杀人犯，恶棍，逆子。"而我的思想却说："盗贼是垄断者的走狗；罪犯是暴君的造物；杀人犯是被杀者的盟友；恶棍是暴徒的果实；逆子是酷厉的结果。"

你们的思想说："法律，法院，法官，惩罚。"而我的思想却说："假若有一部实用法律，我们都不服从，或都服从，倘使有一部基本法律，我们所有人在其面前一律平等。谁讨厌堕落的人，那么，他便是他们当中的一员。谁紧紧收起自己的衣角，以免让落入沼泽的人拉住，那么，他本人也是自处沼泽的人。对跌脚和过失不屑一顾且引以自豪者，无异于以对全人类不屑一顾。吹嘘自己没有罪过，无异于吹嘘生命自身没有过失。"

你们的思想说："杰出者，发明家，教授，天才，才子，哲学家，伊玛目。"而我的思想却说："深爱者，亲爱者，盟友，忠诚者，正直人，牺牲者，殉道人。"

你们的思想说："拜火教，婆罗门教，佛教，基督教，伊斯兰教。"而我的思想却说："宗教只有一个，尽管表现形式各不相同，而且永远是单一位，尽管道分数叉，就像几个指头。"

你们的思想说："叛教徒，多神教徒，年老人，异乡人，不信神者。"而我的思想却说："彷徨者，迷路者，弱者，盲者，智力和精神上的孤儿。"

你们的思想说："富翁，穷人，赠礼人，乞求者。"而我的思想却说："我们都是穷人，除了生命没有富人；我们都是乞求者，除了生命没有赠礼人。"

你们有你们的思想，我有我的思想。

你们的思想说："国家靠政务、政党、会议、报告和条约而立足。"而我的思想却说："国家必靠劳作而立足：劳作在田间、葡萄园，劳作在织机前和印染厂，劳作在采石场和森林，劳作在办公室和印刷厂。"

你们的思想认为人们以其征战英雄而感到豪迈，于是频频歌颂奈姆鲁德①、奈卜赫德②、拉美西斯③、亚历山大④、恺撒⑤、汉尼拔⑥、拿破仑⑦。而我的思想却只承认真正的英雄是孔子、老子⑧、柏拉图⑨、阿里·艾卜·塔里布⑩、埃扎利⑪、贾拉勒丁·鲁米⑫、哥伦布

---

① 奈姆鲁德，大地上的第一位暴君。
② 奈卜赫德，公元前605—562年巴比伦国王。
③ 拉美西斯，古埃及法老。
④ 亚历山大，马其顿国王（前336—前323）。
⑤ 恺撒，（约前100—前44），古罗马统帅，政治家。
⑥ 汉尼拔（公元前247—前183/182），迦太基人，古代最伟大的军事统帅之一，一生与罗马共和国为敌。公元前195年他离开迦太基，投奔叙利亚安条吉三世。他受命指挥一支舰队，因缺乏海战经验而被击败。有人说他假道克里特岛，逃往俾提尼亚，因惧怕被引渡而服毒自杀。
⑦ 拿破仑（1769—1821），法国将军，法国第一执政和皇帝。
⑧ 老子，春秋末哲学家、道家创始人。相传姓李名耳，字伯阳，又称老聃，一说即太史儋，或老莱子。楚国苦县（今河南鹿邑东）厉乡曲仁里人。相传孔子曾经问礼于他。第一个提出"道"是世界的本原，"先天地生"，"可以为天下母"。现存《老子》一书是否为他所作，历来有争议。
⑨ 柏拉图，（前427—前347），古希腊哲学家。
⑩ 阿里·艾卜·塔里布（卒于661年），伊斯兰帝国第四位哈里发。
⑪ 埃扎利（卒于公元1111年），苏菲派哲学家。
⑫ 贾拉勒丁·鲁米（1207—1273），中世纪著名的伊斯兰神学家，诗人。

纪伯伦
散文精选

和巴斯德①。

你们的思想认为压倒的力量在于军团、大炮、装甲车、潜水艇、飞机和毒气。而我的思想却认为真正的力量在于真理；依靠臂力和机械取胜的人，他们最终将成为失败者。

你们的思想能区分开实际与想像、苏菲派与物质主义。而我的思想却晓知生命有独一无二性，其所具有的重量、尺码和程序不同于你们的重量、尺码和程序。也许被你们认作是幻想者的人却是个实践家，而被你们视作唯物主义者的却是个空想家。

你们有你们的思想，我有我的思想。

你们有你们的思想；你们追随着你们的思想游荡在废墟、木乃伊和化石博物馆。我有我的思想；我看到的我的思想飘飞在雾霭与星云之间。

你们有你们的思想；你们赞美你们的思想端坐在骷髅制成的宝座上。我有我的思想；我看到我的思想徘徊在无名遥远的山谷之中。

你们有你们的思想；你们吹笛赞颂你们的思想，起舞为你们的心灵而欢欣。我有我的思想；我的学说宁取临死的喉鸣，而不要你们的笛鸣，并且封锁你们的舞场。

你们有你们的思想；那是所有快乐温存、协调一致者的思想。我有我的思想；那是每一个失去故乡，在自己的国家里变成了异乡人，在自己的亲人和好友中成了孤独者的思想。

你们有你们的思想，我有我的思想。

---

① 巴斯德（1822—1895），法国化学家、微生物学家。

你们有你们的语言,我有我的语言

你们有你们的语言,我有我的语言。

你们有你们所想的阿拉伯语,我有符合我的思想与情感的阿拉伯语。

你们有你们的词语及其排列顺序,我有词语示意,但不触摸,有排序向往但不接近的阿拉伯语。

你们的阿拉伯语中有僵冷的香尸,并将之当作一切;我的阿拉伯语中的躯体,其价值不在自身,而在于体内的灵魂。

你们的语言中有预定的康庄大道,我的语言中有变化无常的媒介,只有把隐藏在我心中的东西传达到众多心中时才依靠它。

你们的语言中有固定的语言和有限的干枯规律,我的语言里有乐声,我会把它的抑扬顿挫、高昂低谷溶入思想、爱好与美感之中。

你们有你们的语言字典、词典、词源,我有耳朵筛过、记忆力背诵下来的熟悉话语,专供人们欢乐、悲哀之时口头传唱。

你们有你们的语言,我有我的语言。

你们有你们的语言韵律、音步、韵脚及允许和不允许的填充;我有我的语言小溪,唱着歌流向海岸,根本不在意自己前进道路上的石头和重量,也不知道与自己同行的秋叶里的韵脚。

你们有你们的语言中的精力旺盛、博学多才、卓越非凡的诗人,并且有人为他们发表、编辑、注释作品;我的语言中有一种东西,惧

纪 伯 伦
散 文 精 选

怕羞涩地漫步在那些既未吟一行诗也没写一行散文的诗人们的心中。

你们有你们语言中的悼亡、颂扬、夸耀、祝贺诗作；我的语言不肯悼念死于子宫者，拒绝颂扬应该嘲弄的人，不屑祝贺同情的人，唾弃中伤可能避开的人，瞧不起夸耀之能事，因为在人类中没有什么值得夸耀之事，人只有能承认自己的软弱和愚昧。

你们有你们的语言，我有我的语言。

你们的语言中有《修辞学》、《词汇学》和《逻辑学》；我的语言中有被压迫者的目光、思念者眼中的泪珠、信士唇上的微笑和开朗宽容者的手势。

你们的语言中有西伯维①、乌苏德②、伊本·欧盖勒③及他们先后的心烦意乱的人所说的话；我的语言中有母亲对孩子、情郎对情侣和虔诚修道士者对夜下寂静所说的话。

你们的语言中有《善言家》，出语决不支离破碎；还有《雄辩家》，禁戒无拘无束。我的语言中有寂寞者的喃喃话语，句句见解明了；有痛苦者的呻吟，声声雄辩畅达；有受惊者的呼喊，句句声声简明达意。

你们的语言中有《坚固建筑》；我的语言中有成群的鸟、夜莺，展翅翻飞在田野牧场之间。

你们的语言中有《银质项链》；我的语言中有露珠、回声和风拂杨柳。

你们的语言中有《编织》、《天启》、《修饰》及这些杂艺后的种种虚构。我的语言中有话语，一旦说出，听者竖起耳朵欲听话外音；一经写出，便在读者面前展现出一个无限空间。

你们的语言有其过去，那里饱含昔日的光荣与豪迈；我的语言有

---

① 西伯维（？—796），语法学家。生于波斯设拉子附近的白依达，成长在巴士拉。
② 乌苏德（？—600），蒙昧时期诗人。以艾阿沙·白尼·奈赫舍勒而知名。
③ 伊本·欧盖勒（1298—1367），埃及语法学家。

其现在与将来及现在的准备和将来的自由与独立。

你们有你们的语言,我有我的语言。

你们的语言中有乐师,乐师拿起四弦琴,为你们弹奏了其手指选定的乐曲;我的语言中有吉他,我拿起它,奏出我的灵魂梦想和我的手指播送出的歌声。

你们当中的部分人将语言诉说给另一部分人,以求相互取乐、欣喜。我把我的语言贮藏在暴风中和海浪里:风有耳,其耳对我的语言的嫉妒胜过你们的耳朵;海有心,其心对我的语言的不在乎胜过你们的心。

你们理当收拾起你们的语言之夜所散落下来的碎片;我应该亲手撕碎每件破旧之物,把路旁阻碍前进的东西全部抛向山顶。

你们应该对你们断下来的病肢做防腐处理,将之保存在你们的智慧博物馆里;我则要把每一个瘫痪的肢体用火烧掉。

你们有你们的语言,我有我的语言。

你们的语言是瘫痪了的老太婆;我的语言沉浸在自己的青春梦想的海洋之中。

当你们的老太婆和我的少女揭开面纱时,你们的语言会变成什么?你们会把你们的语言贮藏在哪里?

我要说,你们的语言将化为乌有。

我要说,油干了的灯不会再亮多久。

我要说,生活不会走退步。

我要说,尸床之木不会开花结果。

我对你们说,被你们视作表白的东西,并不比被美化的不孕及被装饰的愚笨更高明。

我要说,你们灵魂中的干枯会使你们情不自禁地走向话语的沼泽。

我要说,你们心中的冷酷迫使你们服从你们口上的软弱,你们想象力的微小会把你们当作多嘴多舌的奴隶卖掉。

我要对你们说,只有你们的子孙作为法官和刽子手站起来时,这

纪 伯 伦
散 文 精 选

一代才会结束。

  我要对你们说,诗人是使者,将一般灵魂所暗示的传达给个别灵魂;假若没有使命,也便没有诗人。

  我要说,作家是忠诚的谈话人;假若没有正确、结合、固定的话语,也便没有作家。

  我要对你们说,诗歌和散文是情感与思想,此外还是脆弱的线与断裂的丝。

  东方已透出黎明曙光,现在你们还认为我在抱怨你们的语言,同时为我的语言辩护吗?凭使我变成你们眼和鼻中火与烟的主起誓,不是的。

  生命不会在死神面前为自己辩解,其实它也不会在谎言那里解释自我,强大永不会站在虚弱面前。

  你们有你们的语言,我有我的语言。

我爱劳动者

我爱劳动者。

我爱用思想劳作,用泥土和想像星云创造鲜血、美丽、清新、有益图画的人。

我爱那样的人:他在父亲那里继承来的花园里发现一株苹果树,于是在旁边又栽了一株;他买了一棵葡萄树,能结一堪他尔葡萄,经他培养,能结出两堪他尔葡萄。

我爱那样的人:他拿起被丢弃的干木,为婴儿制成摇篮,或做成能弹出歌曲的吉他;我喜欢那样的人:他取来巨石,制成雕像,盖成房子和庙宇。

我爱劳动者。

我爱那样的人:他能把泥土变成盛酒的器皿,或装油的容器,或盛香精的罐子。我喜欢那样的人:他能把棉花织成衬衫,能把毛织成外袍,能把丝织成面纱。

我爱铁匠:他打在铁砧上的每一锤,无不夹带着他的一点鲜血。

我爱裁缝:他用交织着自己目光的线缝制衣服。

我爱木匠:他敲进的每一颗钉子,无不夹带着他的决心和意志。

我爱所有这些人。我爱他们那浸透了大地各种因素的手指。我爱他们那满足忍耐象征的脸面。我爱他们那闪烁着勤奋珠光的生活。

我的心中充满着对牧羊人的爱:每日早晨,他赶着自己的羊群去

纪伯伦
散文精选

绿色草原,将之带到清泉旁,用芦笛与之促膝交谈,直到长长白天逝去;夜晚来临,将羊群赶回羊圈,那里是休息、安心之地。

我爱劳动者,因为他使我们的日夜相继。

我爱劳动者,因为他为我们提供食物,而克制自我。

我爱劳动者,因为他勤于纺织,让我们穿新衣,而他的妻儿却穿着旧衣服。

我爱劳动者,因为他建起高楼,而自己却住简陋茅舍。

我爱劳动者的甜美微笑。我爱劳动者两眼中的独立、自由目光。

我爱劳动者,因其温顺,自认为是仆人,虽然他是主人。

我爱劳动者,因其腼腆,自认为是枝条,虽然他是树根。

我爱劳动者,因其羞怯,你给了他工钱,未等你感谢他,他先感谢你;你一赞美他的工作,便看到他泪花模糊了双眼。

我爱劳动者,因其为了让我们的背直起来,他总是弯着背;为了让我们的脸朝上方,他总是弯着自己的脖子。

我爱劳动者。

灵魂与肉体俱懒,且又厌恶劳动的人,我能说他什么呢?因为需要金钱而拒绝劳动的人,我能说他什么呢?因为审视劳动,自认为自己比那些双手沾满泥土的人高贵,我能说他什么呢?

坐在存在的餐桌旁,却不把自己辛苦换来的面包和美酿放在餐桌上的人,我能说他什么呢?

那些不种想收的人,我能说他什么呢?

我只能像评说植物和靠吸植物津液与动物血液而延续生活的寄生虫那样评说这些人。

我只能像评说趁新娘新婚之夜偷窃新娘首饰的盗贼那样评说这些人。

盲诗人

正是光明使我变成了盲人!

那是太阳,慷慨给予你们的是灿烂白昼,而给予我的却是漆黑的夜;那是比梦还深的夜。

尽管如此,我依然遨游天际,而你们却住在生你们的地方,直至死神降临,给你们另一生。

看哪,我用我的手杖和六弦琴探路,而你却用串珠自娱。

看哪,我在黑暗中一直往前走,而你们却害怕光明。

的确,我正在歌唱。

我不会迷路,即使阳光隐没。因为主看得见我们的路,而我也在高度戒备之中。

即使我会跌脚,而我的歌声是生着双翅的,依然会翱翔在高风之上。

我是在探看深和高时使双目失明的。凭我的宗教起誓,请问谁在面对深与高景色时会不牺牲自己的双眼?谁又能在看见黎明曙光时不熄灭两只颤抖的蜡烛?

你们说:"他好可怜啊!他看不见天上的星斗,也看不见草原上的延命菊。"

我则说:"他们才可怜呢!他们摸不着星辰,听不到草原上的延命菊。"

好可怜哪!他们的耳中没有耳朵。他们的指尖没有嘴唇。